我們是花樣泡沫組

半澤直樹 2

池井戸潤
Jun Ikeido

我們是花樣泡沫組・目次

第一章　銀行套匯結構

1

「發生了一點狀況，可以見個面嗎？」

時枝孝弘接到這通電話，是在六月三日下午四點多的時候。打電話來的是伊勢島飯店的財務部長，原田貴之。

「時間上是沒問題，不過請問您說的『狀況』是怎麼回事？」

夕陽的強烈光線射入辦公室，逼使時枝瞇起眼睛詢問對方。

「在電話裡有些難以啟齒——」原田的回答有些曖昧不明。「我想要和本公司的羽根專務一起造訪。」

「跟專務一起來？」時枝反問。

羽根夏彥是號稱伊勢島飯店大掌櫃的人物。如果只有原田就算了，但是連羽根都要來，那麼時枝也無法單獨出席面談，否則就會形成「不對稱」的形勢。

「我去問一下戶原部長的預定行程吧。」

法人部長戶原郁夫兼任董事總經理，是國內授信的最高主管。

然而原田卻客氣地說「不用了，戶原部長應該很忙」。平時厚臉皮的這個男人出乎意料地婉拒，足以讓時枝感到警戒。

他想要在電話中至少得到一些線索，然而正要開口，卻被對方搶先：

「我們馬上過去，拜託你了。」原田說完，就單方面地掛斷電話。

伊勢島飯店的總公司在京橋。果然不到三十分鐘，櫃檯就打電話來，告知：「伊勢島飯店的羽根專務和原田部長來訪。」

「請帶他們搭電梯到八樓。」

時枝放下聽筒，穿上掛在椅子上的外套，快步走出法人部辦公室迎接兩人。

被帶到會客室的原田臉上殺氣騰騰。

坐在上座的羽根專務雖然看似保持從容態度，但表情中也帶有無法隱藏的不悅。

「這次發現的情況很嚴重，所以在公開之前，想要先跟主要往來的貴行告知一聲。」羽根切入話題。「事情是這樣的：本公司因為投資失敗，已經確定會造成一百二十億日圓的損失。」

「一百二十億……」

時枝啞口無言，心中頓時湧起焦躁感，望著羽根嚴肅的表情。

時枝把捧來的信用檔案放在膝上，但他不需特地翻開，就已經把伊勢島飯店的業績記在腦中。

這家飯店最近的業績低迷，本年度淨利原本預期約為十五億。對於年營業額八千億日圓的連鎖飯店來說，這樣的淨利金額可說有等於無。

「也就是說，貴公司本年度業績也是赤字嗎？」

「大概就是這樣。」

然而不久前，東京中央銀行才以轉虧為盈的前提，貸款兩百億日圓給伊勢島飯店。

時枝意識到事情的嚴重性，不禁吞嚥口水。

這下嚴重了。

這筆資金是努力說服百般不願的法人部長，由董事會通過的。到現在才說「事實上會出現赤字」，也絕對不會被接受。更糟糕的是，竟然在主管國內授信的總經理管轄之下，發生這麼嚴重的失誤。

時枝想起對這件融資案抱持批判態度的董事面孔，內心忐忑不安。

「沒有問題嗎？」

最後通過融資案的中野渡董事長這句話言猶在耳。他記得中野渡接下來又說：

「不過有戶原在監督，應該沒問題。」

時枝的膝蓋開始微微顫抖。他忍不住問：「為什麼會變成這樣……」

「因為市場行情的關係。」羽根的回答根本連辯解都稱不上。

「專務，請恕我直言：這種事不能當作單純失誤就算了。為什麼要選在這麼重要的時期進行高風險投資呢？」

時枝的口氣變得強硬，但羽根卻採取耍賴的態度說：「那你要我怎麼辦？」

「視情況，有可能要請你們償還日前的貸款。」

羽根怒視他說：「你說這種話太奇怪了。之前貸款的時候，我們已經交出詳細的財務資料，並沒有隱瞞投資的事。如果仔細分析，應該就會知道結果。這不是你的工作嗎？這樣說來，貴行應該也有過失才對。」

時枝咬住嘴脣，最後只能說：「很抱歉，這件事請容我和銀行內部討論。」

在這裡和羽根爭論，也無法解決任何問題。

「關於這件投資，其他銀行知道嗎？」

時枝這麼問，羽根便回以憤恨的眼神。

「白水銀行已經發現了。好像是審查部的承辦人員自己去調查的。也因為這樣，害我們得不到預定的貸款，所以更不能償還向貴行借來的錢了。」

「白水銀行發現了……」

時枝的臉色變得蒼白。競爭銀行的承辦人員發現投資失敗的事實，而他卻沒有發現。

身為東京中央銀行的行員，這是絕對應該避免的狀況，但卻發生了。

「今天只是先來報告，接下來請你和原田部長討論。對我來說也是預料之外的麻煩事。很抱歉這麼突然，不過貴行那邊就請你好好處理。」

時枝腦中一片空白，只聽見不負責任的羽根對他這麼說。

2

「伊勢島飯店？就是投資損失那家？」半澤直樹詢問。

副部長三枝裕人點頭。

「沒錯，就是那家伊勢島。我想請你來承辦這家公司。」

「請等一下。」半澤舉起一隻手，以嚴肅的表情面對上司。「法人部怎麼了？這件事不是應該由他們來管嗎？」

「這是董事長命令。」

「董事長？」半澤聽到意想不到的發言，不禁說不出話來。

「因為這次的失策，銀行內對於法人部有很大的批判聲浪，中野渡董事長也很生氣。考量到接下來的金融廳檢查，他判斷這件事不能交給法人部。這次的事件讓戶原總經理的立場也變得很為難。」

半澤皺起眉頭看著三枝。

「可是我負責的主要是相同資本系列的大企業。伊勢島飯店雖然是大公司，但他們是未上市的家族企業，既不是本行的集團企業，也沒有任何資本關係。而且既然連續兩年都是虧損，那麼應該交給審查部管理比較妥當吧？」

審查部通稱「醫院」，專門負責業績惡化的客戶。

「那可不行。」三枝立即否決。「不能讓審查部來負責伊勢島飯店的授信管理。如果那麼做，就等於承認伊勢島飯店是有問題的客戶，沒辦法對金融廳說明。」

半澤沒有回應。他理解三枝言下之意。

金融廳檢查時，如果判斷業績惡化的伊勢島公司無法償還貸款，東京中央銀行就會被迫提列巨額的「備抵呆帳」。這個數字恐怕會達到數千億日圓的規模，直接衝擊到東京中央銀行的業績。

這樣一來，中野渡董事長的職位就有可能不保。

「而且這次事件已經重創本行授信審核機能的信用，不能再發生更大的醜事了。總之，中野渡董事長親自下令，要第二營業部來負責伊勢島飯店的業務。還有，一定要撐過接下來的金融廳檢查。喂，半澤，你在聽嗎？」

「當然了。」半澤無奈地嘆了一口氣。「可是為什麼要找我？找其他授信部門也可以吧？我說過好幾次，我負責的是相同資本系列的——」

「這種事我非常清楚！」

三枝打斷半澤的話，焦躁的聲音反應出他缺乏耐心的性格。「我只在這裡告訴你，中央商事似乎正在研議伊勢島飯店相關的生意。因為還在該公司企劃部門的調查階段，所以應該沒有傳到你這個承辦人員的耳中。」

相同資本系列的中央商事是三大商社之一，由半澤率領的第二組負責。

「什麼生意？」

「福斯特似乎對伊勢島飯店有興趣，可能打算要參股。」

「福斯特？」

這是美國最大的連鎖飯店。

「沒錯。福斯特在世界各地都擁有頂級飯店網路。對他們來說，名門伊勢島飯店的招牌很適合作為進入日本市場的跳板。更何況伊勢島飯店還具備旅行社、商品銷售等整套工具。」

「如果有這麼好的事，應該可以度過檢查的難關吧？」

「要是那麼簡單，就沒有人會擔心了。」三枝把寬額頭的臉湊近半澤。「聽好了，伊勢島飯店的營運是由創業的湯淺家族世襲。前任湯淺高堂是個獨裁者。現任的湯淺威雖然是嚴謹的經營者，但是很可惜被上一代的遺產拖累。」

「沒有上市的話，也沒辦法進行TOB……」

TOB是在股票市場上向不特定的多個股東收購股票的方式，但伊勢島飯店無法採取這種做法。

「飯店業的形象很重要。福斯特似乎不想為了收購議題吵得沸沸揚揚。」

「原來如此。不過以伊勢島飯店的公司風氣，不知道能不能接受福斯特。都已經造成這麼大的損失，財務相關主管竟然還留在位子上，實在很不像話。」

照理說應該要處分這些主管，但伊勢島卻沒有這麼做，只聽說負責該業務的課長被換下來了。然而這件事當然沒有輕微到這點程度的處分就能帶過。

「說真的，包括這件事在內，伊勢島飯店有很大的問題。你可以幫忙照顧他們嗎？」

受到三枝鞠躬拜託，半澤只能嘆氣。

沒辦法。

「法人部什麼時候要辦理交接？」

「哦！你願意接這個工作嗎？」

三枝展露笑顏。他似乎想要趁半澤還沒改變心意時說定，迅速回應：「現在馬上就開始吧。其實我已經談好了，承辦人員是——」他低頭看記事本。「時枝調查役（註1）。我請他待會過來這裡。」

「時枝？」

三枝問：「你認識他？」

「認識。他跟我同梯。」

時枝和半澤同樣是泡沫時期入行組。最近雖然沒有往來，不過彼此認識。

「那就好談了。希望你這個星期之內就完成交接。我知道這是困難的工作——」三枝說到這裡，突然以嚴肅的表情看著半澤。「所以才希望由你來處理。除了你之外，沒有其他合適人選。」

這是把工作推給下屬時的常用句。

1　日本公司內部的職級名稱，位階高於沒有頭銜的新進行員，但往往沒有下屬。

半澤和三枝結束談話之後不久，時枝就拿著伊勢島飯店的交接資料來找半澤。

「半澤，真抱歉。」

時枝一看到半澤，就向他道歉。

在泡沫時期，舊產業中央銀行一舉錄用四百名一般職員，將新進行員每四十人左右分為一組，在神田、目黑、調布三處的研修場地進行集體研修。在這場研修中，半澤和時枝分到同一組，還被分配到同一間房間。一天二十四小時共處的時枝個性樸實和善。半澤記得他畢業於九州的國立大學，好像還擔任過網球社的隊長，屬於體育社團出身。

時枝此刻變得憔悴不堪。

「事情既然演變成這樣，那也沒辦法了。」

半澤說完，快速瀏覽從時枝接過來的伊勢島飯店營業計畫書。「我不是要說安慰話，不過從帳面上的數字，絕對看不出投資虧損。」

「雖然現在講這些也沒用，但是這家公司提出的有價證券明細是投資前的資料。事後他們辯稱是失誤，可是搞不好是故意提出舊資料的。」

「不過在同樣的條件之下，白水銀行卻看穿了。」

「沒錯。」時枝沮喪地垂下頭。

伊勢島飯店向時枝報告巨額損失的次日，這個消息就被經濟報紙《東京經濟新聞》獨家報導。《東京經濟新聞》之所以能夠挖到這條獨家，據說是因為準主力銀行的白水銀行取消了審核中的數百億日圓貸款。

半澤看著交接資料中的財務分析數字，再度開口：「話說回來，白水銀行竟然能看出來。不管怎麼分析上面的資料，都不可能發現到一百二十億日圓的損失。」

損失要經過會計處理之後才會反映在財務上，但伊勢島飯店並沒有進行處理，就連交出來的明細都是舊資料，更不可能看得出來。

「白水會不會有其他情報來源？」

時枝露出困惑的表情，問：「情報來源？」

「也許財務部門有人向他們密報虧損情況。」

時枝露出錯愕的表情，說：「我聽說白水銀行在《東經》獨家報導的兩個多星期前，就以投資失敗的理由取消援助……」

「伊勢島飯店也許想要隱瞞損失，可是情報卻洩露給了白水銀行。」

時枝臉色大變，說：「這等於是背信行為。」

「那也要看伊勢島飯店這家公司的體質吧？」

時枝空洞的視線游移不定，落在地板上。

「你應該也聽過傳言。老實說，那家公司有些難搞……」

「面對這個難搞的對手，能夠掌握到什麼地步，就決定了這次的勝負。」

半澤這麼說，時枝便閉上眼睛，發出放棄般的短促嘆息。

「你說得沒錯。」不久之後時枝這麼說，並低下了頭。「不過，不是我要辯解，我根本沒有足夠時間和對方建立人際關係。」

「中間換過承辦人員嗎？」

半澤看過公文上的印章，察覺到內情。幾個月前的文件上蓋的不是「時枝」而是「古里」的印章。

「不只承辦人員換過，連承辦部門都換了。伊勢島飯店原本是和京橋分行往來，可是因為重新檢討承辦單位，結果變成歸法人部來管。」

「你也真倒楣。」半澤嘆了一口氣，看著可憐的同事。「好幾個狀況不巧串聯在一起，也不能說是你的錯。」

時枝邊嘆氣邊抱怨：「雖然現在說這些也沒用，不過當初跟京橋分行交接的時候，也只是草草結束。我知道他們不希望事後惹麻煩，可是交接的時候，完全沒有提到企業體質如何，或是某個人個性怎樣、需要特別注意之類的，只說『這家公司本年度就會轉虧為盈，到時候請多多支援』。」

伊勢島飯店的決算時期是在九月。以業績轉虧為盈的預估為根據、呈報該公司貸款案，是在三月中旬的時候。董事會於四月通過，並於該月二十日執行。

「這個叫古里的承辦人員，事前完全不知道伊勢島投資失敗嗎？」半澤突然感到疑問，詢問時枝。

「我也對這點感到在意，所以打電話去問他。」

半澤好奇的眼中，映入時枝沮喪的表情。「他說完全不知道有這回事，也沒有相關情報。到最後他還說，不要把自己授信判斷錯誤的原因推給交接過程，然後怒氣沖沖地掛斷電話。」

只要一脫手，隨便怎麼說都可以。

而且立場改變之後，發言也會改變。時枝雖然可憐，但銀行就是這種地方。

至於半澤，也剛好在次日得到金融廳即將來檢查的消息。

3

「官方」檢查在各行各業或許都差不多，而昔日的大藏省檢查和現在的金融廳檢查，對於被檢查的銀行來說也造成極大的困擾。

半澤每次聽到檢查，就會想起新人時期首度經歷的舊大藏省檢查。

當時他入行第二年，身為日本橋分行的新進融資人員，負責的是蠢到極點的打雜工作。

其中一例是負責看守傳真機。

過去銀行製作的文件都是手寫，而且為了檢查內容，還得用傳真送到總部。資料必須事先送到設在融資部的檢查準備小組，請他們檢查內容。

然而因為所有分行的傳真都在同一時間傳送，因此即便融資部有多條線路，仍舊往往全被占線而無法傳送。這時身為下級的半澤就得一直守候在傳真機前。運氣好接上線時，就要大聲宣布「可以傳了！」接著他要負責的工作，就是將各方送來的文件不斷放入傳送匣。這項工作會連日持續到半夜。

基本上，在當時受到護航艦隊方式保護的銀行業界，舊大藏省檢查本身就是鬧劇。不，現在或許仍是如此。

就連原本應該是突襲式的檢查預定行程，也會在事前洩露。

蒐集這些情報的，就是過去被稱作「ＭＯＦ（Ministry of Finance）負責人」、負責與大藏省打交道的菁英行員。他們在標榜店員不穿內褲的涮涮鍋店等場所進行無恥的應酬，靠著拉近關係試圖套話：「下次什麼時候會來？」「有什麼關係，透漏一下嘛！」實在是低級透頂的不當行為。

憑藉這些不當獲取的內部情報，銀行內部通常會在金檢的好幾個月前，就為了研擬檢查對策而忙得人仰馬翻。半澤經歷的看守傳真機工作還不算什麼。檢查對策的核心，當然還是要隱匿不利資訊、不當融資案等等。簡單地說，就是要在檢查之前，把不能被官方看到的文件藏起來。這些文件會集中在一起放進紙箱，由融資課長等人搭計程車帶回自己家裡，於檢查期間一直藏起來。這就是銀行業界黑話所說的「疏散」。

這些都是行之有年、司空見慣的作弊行為。銀行業界表面上裝成優等生，實際上卻是「不論怎麼說，賺錢最重要」。作弊被視為必要之惡，或者應該說是方便行事。

然而先前把ＡＦＪ銀行逼到破產的金融廳檢查中，這樣的「疏散資料」卻被發現，並且遭檢舉為妨礙檢查，令人始料未及。屏息觀望事情發展的其他競爭銀行感想是：

「怎麼不藏得更聰明一點？ＡＦＪ銀行也沒什麼了不起嘛！」

這些冷笑、失笑、嘲笑的銀行，連同懊悔至極卻不思反省的ＡＦＪ行員，都處於「五十步笑百步」的狀況。

更誇張的是，在這起ＡＦＪ銀行妨礙檢查事件中，行員因為隱匿資料被找到而驚慌失措，竟然將資料塞入嘴裡吃掉。半澤在報紙上讀到這則新聞，皺起眉頭暗想：「又不是山羊，吃下去不會拉肚子嗎？」

指揮這場ＡＦＪ銀行檢查的主任金檢官，是一個名叫黑崎駿一的男人。黑崎駿一打響了名聲，一躍成為金融廳的明星，不過整件事仍有未解之謎。

ＡＦＪ銀行的隱匿資料為什麼會被發現？

該行把資料藏在總部大樓內不起眼的房間內，但不知為何，這個情報卻被洩露給黑崎。消息為什麼會走漏？是誰洩露的？至今真相依舊不明。

可以確認的是，黑崎這個男人不是省油的燈。

這次金檢也由黑崎擔任主任，而且據說他下一個目標就是伊勢島飯店，因此東京中央銀行的高層也很緊張。

順帶一提，金融廳檢查的規則很簡單。

所有融資對象會被分為「安全」、「有點危險」、「相當危險」、「無可救藥」四類，在檢查時討論分類方式是否正確。

以結論來說，如果是「安全」就沒有任何問題。

但如果被歸類到「有點危險」以下，就必須撥出經費提列「備抵呆帳」，也就是提防對方倒閉的準備金。如此一來有可能對銀行業績造成嚴重打擊。

也因此，金融廳檢查的主要過程，就是主張「這個客戶很安全」的銀行和主張「不太對吧？應該調降成危險對象」的金融廳展開激烈攻防。順帶一提，「安全對象」在業界用語中稱作「正常債權」，「危險對象」則稱作「分類債權」（註2）。

是安全對象，還是危險對象？

判斷時會產生分歧的，正是像伊勢島飯店這樣的公司。

這家公司目前的虧損是「暫時」還是「永久」？光是這個判斷，銀行收益就會產生數百億、數千億日圓的差異。問題還不僅止於收益。伊勢島飯店要是被分類為危險對象，東京中央銀行的市場信任度也可能連帶被拖累。股價一旦下跌，就會拉低銀行股份的市值總額，很有可能發展為經營問題。

對於這次的金融廳檢查，包括董事長在內的所有人之所以會神經緊繃，理由正在這裡。對東京中央銀行來說，這是一場「絕對不能輸的戰役」。

而這個重擔即將沉甸甸地壓在半澤的雙肩。

2　在日本，銀行會將債務人分為不同等級（正常─破產），再根據有無擔保等，將收回可能性由高而低分為Ⅰ、Ⅱ、Ⅲ、Ⅳ級，Ⅰ為正常債權，其餘為分類債權。

當天晚上，半澤的同梯渡真利忍打電話邀他，兩人在神宮前常去的一家串燒店碰面。

「時枝的事我也很清楚。他太倒楣了。不過說到倒楣——半澤，你被指派負責那家伊勢島飯店，也實在是倒楣透頂。我真同情你。」

半澤聽渡真利話中藏有玄機，便問：「有什麼問題嗎？」

「金融廳檢查的具體時程已經決定了。下個月第一週開始。不只是這樣。」渡真利在店內一角壓低聲音。「聽說被任命為主任金檢官的是黑崎。你應該聽過黑崎吧？」

半澤默默點頭。黑崎在金融廳是英雄，在銀行業界則堪稱惡名昭彰。

「聽企劃部的人說，金融廳的主要目標是伊勢島。這家飯店出現巨額損失、連續赤字，銀行卻通過兩百億日圓的貸款——可以吐槽的點太多了。半澤，你說該怎麼辦？要是被分類為危險對象，你的第二營業部次長座位就不保了。」

「客觀來看，如果是必須分類為危險對象的內容，那也沒必要刻意去保護。」

「董事長不可能會接受。聽好了，你抽到的是空前絕後的下下籤，不過大概也只有你能把它轉變為上籤了。」

「你來代替我吧。」

半澤這麼說，渡真利便瞪大眼睛。

「別開玩笑。要是代替你，有再多條命都不夠。」

「哼！」半澤把杯中的啤酒一口氣喝光。

「對了，半澤，伊勢島飯店以前是京橋分行負責的吧？說到京橋，那傢伙不知道怎麼樣了。」

「你是說近藤嗎？」

近藤直弼和他們同窗同梯，去年十月被調動職務，從關西的系統部外調到中小企業的客戶公司。

在泡沫時期入行的同梯行員當中，他是第一個被外調到客戶公司的。近藤在剛入行幾年的時候，工作表現受到好評，然而他在泡沫經濟崩壞後被指派到新分行，無法做出滿意的成績，最後導致心病發作，被迫停職一年，影響到後來的升遷。

在銀行待久了，偶爾會看到因為生病療養長期脫離戰線、踩空升遷階梯的人。近藤正可說是踏上和這些人相同的路徑。銀行合併之後，高階職位相對減少，無法升遷的行員早已過剩。有這種「紀錄」的近藤率先被外調，雖然遺憾，但也是無可奈何的事。

近藤外調的公司是京橋分行的客戶。沒記錯的話，他的頭銜應該是總務部長。

「雖然說是部長，但是那家公司很小，以銀行來說，大概只等於課長或係長等級。」

半澤至今仍記得決定外調時近藤膽怯的表情。

「聽說他滿辛苦的。」渡真利以嚴肅的表情說。

「你和近藤聊過了嗎？」

「他昨天打電話給我，說銀行遲遲不肯貸款，所以就來找我商量。我告訴他或許是承辦人員的問題，畢竟那個承辦人員是『舊東京』的。」

東京中央銀行是產業中央銀行和東京第一銀行合併的銀行。合併後快三年了，雖然透過交互任職的人才交流方式進行行內融合，但「舊產業」和「舊東京」卻處處產生摩擦。這種情況就好像在東京中央銀行的招牌之下，進駐了產業中央銀行和東京第一銀行兩家銀行，形成套匣結構。

「董事長雖然強調融合路線，但事實上在同一塊招牌底下，卻有兩家銀行。京橋分行畢竟是舊東京的名門分行。」

都市銀行合併之後，有時會在同一個地點有兩家分行，這時就會只留下較有力的分行，把另一家廢掉。東京中央銀行也在合併後的幾年內進行這樣的作業。

「對了，也許是因為舊東京的京橋分行保留下來，才把伊勢島這個大客戶轉給舊產業為主的法人部。」

聽渡真利這麼說，半澤總算了解管轄部門從京橋分行移轉到法人部的背景。

「從舊東京承辦人員的角度來看，重要的大客戶被搶走了，當然會不高興。交接之所以進行得不順利，或許也是基於這樣的背景。」

渡真利的話中，透露出合併銀行的難題。

「希望他能順利撐過去。」

半澤這麼說，渡真利便嚴肅地點頭。

「近藤一定可以辦到。畢竟他的病也已經好了。」

「希望如此……」

半澤在越來越嘈雜的店內一角喃喃說。

4

「這些資料可以嗎？」

近藤直弼從塑膠文件盒拿出三年份的業績預測，放在櫃檯上。這是半澤和渡真利在神宮前的串燒店喝酒的第二天早上。

古里默默地拿起這些資料，靠在椅背上翹起二郎腿。看起來比實際年齡蒼老的國字臉上，一雙眼睛彷彿隨時都要噴出火花，精明的視線在資料與近藤之間來回移動。

「這數字應該有根據吧？」

古里立刻提出帶刺的質問，讓近藤進入防備態勢。

「未來三個月左右的營業額是可以預期的，不過老實說，接下來就不知道了。不過我詢問過社長和業務人員，做出來的資料應該還算適當。」

「還算適當啊……」古里用譏諷的語調這麼說，將視線從文件抬起，望向近藤。

「基本上，不只沒有中期計畫，居然連像樣的年度計畫也沒有，你們公司到底是怎麼搞的？」

「很抱歉。」近藤道歉。

「你已經外調到田宮電機八個月了。在這段期間，也經歷了三月的年度決算，至少也應該製作營業計畫書，否則就沒有從銀行外調的意義了吧？在『舊產業』即使這麼馬虎，也能通過貸款嗎？」

古里以輕蔑的眼神看他，刻意強調「舊產業」這幾個字。近藤雖然很想反駁，但此刻只能忍耐。如果惹這個年長的行員生氣，就沒辦法談下去了。也因此，他只能像平常一樣，熬過古里這一波冷嘲熱諷。

「請問有希望通過貸款嗎？」

「你怎麼老是急著要知道結果！」

近藤原本是硬著頭皮詢問的，但古里卻以嘆息回應。「你也是銀行員吧？我會先仔細研究這份銷售額預測內容，然後才能做出結論！」

看到古里不由分說就打算結束對話的態度，近藤連忙說：

「請等一下，這個月底就需要三千萬日圓的資金了。」

「我不是說過了嗎？」古里站起來，捲起近藤交出的資料，開始敲打手掌。「如果你擔心這種問題，就要更用心工作才行。說實在的，『舊產業』的人根本沒辦法處理這麼重要的客戶吧？我們的客戶不是給『舊產業』暫時棲身用的。田宮社長之前也在抱怨。」

聽到田宮的名字，近藤的心情更加沮喪。

近藤是在五月中旬申請三千萬日圓貸款，到現在已經過了三個星期，古里卻不斷挑毛病，遲遲不肯簽報。

社長田宮基紀要求近藤，今天一定要問出何時才能得到貸款，但看來是不可能了。

田宮自己在面對古里的時候，會批評近藤各種不是、說他的壞話，卻完全不討論貸款的話題。

近藤向古里告辭，走出銀行大樓，覺得好像有冰冷的東西沉到胃裡般不舒服，便抬起頭仰望天空。

薄薄的雲層像皮膜般覆蓋東京上空，對面大樓的上空閃爍著銀色的光芒。

然而此刻從近藤腦中溢出的東西卻與之相反，是溶解成黏稠狀的煤焦油。

它緩緩地在近藤腦中流動。這種感覺就和昔日吞沒近藤、將他所有的思想都塗成漆黑的時候一樣。

當時近藤獲得升遷，前往秋葉原東口分行任職。

在那段地獄般的日子中，他把提升業績當作最高使命，每天從清晨工作到半夜。煤焦油從他的精神世界湧出並溢流，一公釐又一公釐、緩慢但確實地開始侵蝕，最終吞沒他所有的感官，將他囚入黑暗的世界。

「不是已經治好了嗎？」

近藤踏出腳步，怨恨地仰望大樓上空，喃喃自語。當他得知要被外調到年營業額一百億日圓的客戶公司時，原本期待可以在那裡找到自己的棲身之地。

然而即使感到痛苦，也不能說辭就辭。近藤的家人為了他的工作，離開好不容易習慣的大阪和總算交到的朋友，陪他一起來到東京。他不能讓他們白白犧牲。

話說回來，要不要辭職可以自己決定。

他真正擔心的是疾病。

這一點不是憑自己的意志力能夠解決的。

如果又生病了，怎麼辦？

無盡的不安湧上心頭，堵在他的胸口。他此刻再度徘徊在心靈迷宮的入口。

5

「請容我介紹新的承辦人員。這位是第二營業部的半澤。」

時枝介紹後，半澤向前踏出一步，鞠躬說「請多多指教」，並介紹負責處理事務的下屬小野寺順治。小野寺在半澤的團隊當中是最優秀的年輕人，不僅工作能力強，有話直說的個性也和半澤不相上下。或許也因為這樣的性格，他和半澤很合得來。

「東京中央銀行怎麼這麼毛躁？老是在換承辦人員。你是不是也馬上就要被換掉了？」

半澤在交接後，首度造訪伊勢島飯店總公司打招呼。羽根專務看了遞來的名片，以冷淡的眼神注視半澤。

「還有，你說需要追加資料，可是修正後的財務預測早就已經交給你們了。還需要什麼？」

「金融廳即將要來檢查，請務必幫忙。」

半澤如此回答，小野寺便將好幾頁的追加資料清單放在桌上。

「要這麼多？」原田的臉色變了。

「這次檢查當中，對貴公司的授信將成為焦點。為了擬定對策，請務必幫忙，否則會很麻煩。」

羽田皺起眉頭說：「你有沒有搞清楚？投資失敗又不是故意的，和本業也無關，沒必要大驚小怪吧？」

半澤毫不客氣地回應：「我並不想要大驚小怪，可是這次檢查當中，就連本行過去貸款的營運資金都可能被懷疑遭到挪用，情勢相當險峻。即使沒有這次事件，貴公司也將連續兩年虧損。金融廳一定也會盯上這一點。可以請你們重新檢討營業計畫嗎？我們需要找到可以作為業績支柱的東西。」

聽到半澤的發言，羽根淺褐色的眼中泛起怒意。

「為了應付檢查，連計畫都要求重新檢討，太不合理了！本公司不是為了貴行方便在發展事業。金融廳檢查應該是銀行要面對的問題吧？」

「即使被停止授信也沒關係嗎？如果被分類為危險對象，就會落到那種下場。」

這不是威脅，然而羽根似乎不了解事情的嚴重性。

「你別太過分！你們的工作不就是要避免那種事發生嗎？」

「沒錯，不過為此不能缺少貴公司的協助，所以我們才會要求那些資料。另外還有一件事：先前的貸款，可以請你們先償還嗎？」

「你說什麼？」羽根的臉頰因憤怒而泛紅。

「那筆資金是以盈餘為前提貸款的。既然會出現虧損，可以請你們先償還，讓我們重新審查嗎？這樣的話也能安全度過金檢。或者請你們保證償還——」

「喂喂喂，半澤次長。」原田部長從旁插嘴。「這是你們銀行內部共同討論的結果嗎？」

「不是，是我個人的請求。」

羽根狠狠地說：「別開玩笑！現在才要求還錢，當然不可能。」

「拿去填補投資損失用掉了這種理由，是不能拿來當藉口的。」

羽根瞪大眼睛。

「你們今天是來拜會的吧？就我們公司的認知，要不要償還不是跟你們談，應該直接由貴行的大和田常務和本公司的湯淺社長來談。」

他或許期待搬出大和田的名字，銀行員就會稍微收斂，但只有時枝稍顯不安，半澤和小野寺都保持從容的態度，說完「請你們仔細考慮」之後就回去了。

「會不會惹上麻煩？」走出伊勢島飯店之後，時枝擔心地問。

「誰管它。」半澤輕描淡寫地說。「竟然還說『東京中央銀行怎麼這麼毛躁』！有時間說那種話，至少應該先道個歉吧？小野寺，你說呢？」

小野寺生氣地說：「我也這麼認為。希望大和田先生能夠好好說服他們。」

「沒錯，正義在我們這方。和金融廳對決的不是羽根先生，是我們。」

容易流汗的半澤脫下外套，用手帕擦拭額頭上的汗水，走在市中心悶熱的六月街道上。

6

對於「舊產業」或「舊東京」出身這種事，半澤自己完全不想去過度反應。不論是產業中央銀行出身，或是東京第一銀行出身，重要的是身為銀行員的態度和資質。以出身銀行來劃分完全沒有意義。

然而銀行內部的輿論卻非如此。這是因為當彼此在一起工作，往往會因為企業文化不同而產生齟齬。就結果來看，原本應該整合在同一塊招牌下的銀行員，彼此之間卻因為出身銀行不同而畫出界線。

雙方差異給人深刻感受的不是在大的地方，反倒是肇因於日常業務上的小事。譬如業務用語的差異——產業中央銀行把信用保證協會（註3）作保的融資稱作「協保」，東京第一銀行則稱作「丸保」；「託收票據（代金取立手形）」在舊產業稱作「代手」，舊東京則稱作「取手」。

順帶一提，新進行員剛進銀行時，聽到舊產業使用的「代手（註4）」這個稱呼會嚇一大跳。當先入行的女行員對新人說「喂，『代手』」，甚至還有人會失言說「大白天不太方便吧」。也因此在合併之後，為了避免不必要的麻煩，新銀行統一使用舊東京的簡稱「取手」。聽起來像編出來的故事，但卻是真的。

不只如此，連請示書的文體都不一樣。

產業中央銀行的內部文件沿用莫名其妙的官腔語言，並隨著時間演變，文中羅

3　日本中小企業向金融機關貸款時協助作保的法人。

4　日文音同「抱我」。

列著東京第一銀行的行員難以理解的艱澀句子。比方說——

「本次申請之貸款，係該公司必要資金，鑒於其長期以本行為主力銀行並密切往來之經歷，殷盼予以支援，懇請通過本案。」像這樣的文章，用舊東京風格來寫，大概就會寫成：「基於過去長久往來的關係，這次融資案應予通過較為適當。」

舊產業的變形公文體既像文言文又不是文言文，很難拿捏。也因此，舊東京出身的行員不易掌握寫法，還產生「只要用古文就行了」的誤解。在合併之初交互任職的人事中，被調到舊產業授信單位的舊東京行員基於這樣的誤會，寫出「本次之融資申請乃遺憾至極矣，故應予以拒絕也」這種文章而遭到嘲諷。

被嘲諷就會不高興，不高興就會向夥伴抱怨「舊產業那群人真的很可惡」，由是形成惡性循環。

除了這種無關緊要的瑣事，還有授信判斷與彼此深植的習慣差異（要不要大家一起做早操、得到暑假或獎金之後向上司道謝很奇怪或是應該的……等等）。在銀行這個從早上八點前上班、一直到晚上有時接近末班車時間都必須共處的職場中，這些企業文化差異逐漸增長為難以跨越的歧異，深深滲透到行員之間。

就這樣，「舊產業」與「舊東京」的稱呼逐漸產生某種真實感，偏見與歧視也浮出表面。這就是無從虛飾的經過與現況。

只要發生任何事，就會用一句「那傢伙是舊產業的」來解釋，聽到的一方也會說「那就沒辦法了」，然後又說「舊產業的那些人就是這樣」。

當然也不是所有人都持這種僵化的舊觀念，甚至這種人有可能只是少數，然而有一件事是確定的：不論是舊產業或舊東京，越是對原本的招牌感到自豪的行員，越傾向於在意出身銀行。

仔細想想，這次伊勢島飯店的問題，也是起因於這種溝通不足的資訊傳達疏漏，導致授信判斷錯誤，造成事態惡化。

東京中央銀行京橋分行就在伊勢島飯店對面，在步行幾分鐘距離的大街上掛著招牌。

「唉唷，時枝先生也來了。都已經不是承辦人員，還真是辛苦你了。」

分行長貝瀨郁夫進入會客室，誇大的口吻中帶有嘲弄的意味，似乎在暗示時枝犯下的錯誤有多麼難堪。

接著貝瀨的視線總算朝向第二營業部的兩人——半澤與小野寺。

半澤直視對方的眼睛說：「你應該也聽說過，這個案件有很多問題。」

「聽說這個案件是這次金融廳檢查的焦點之一。你就是第二營業部的承辦次長？」

貝瀨彷彿看到有趣的東西般注視半澤，接著不懷好意地說：

「真是不好意思，這家公司原本由我們管理；不過總部要求移交給你們，也不是我們特地去拜託的。」

「要移交給我們是沒有問題，不過我想要知道先前的管理狀況。」

貝瀨語中帶刺地說：「管理狀況？講得還真悠閒，或者應該說是離題了吧？」

這時候有人敲門。先前似乎忙著接待顧客的承辦人員進入室內，貝瀨便說：「我另外跟人有約。管理狀況的問題，請你們直接問承辦人員。」說完他就離席了。

「你們怎麼全都到齊了？」

進入室內的承辦人員古里則夫是個瘦削而頭髮斑白的男人，目光銳利、鼻尖突出，令人聯想到猛禽類。他的職位雖然是課長代理，但年紀比半澤大許多，大概是五十歲左右。

「很抱歉在百忙之中打擾。」

半澤簡單地自我介紹，接著說：「古里先生想必也了解伊勢島飯店的案件。本部門剛從法人部接手這個案件，如果有任何狀況，還請多多幫忙。」

「你說任何狀況是什麼狀況？」古里劈頭就抬槓。「交接的事，應該找時枝先生吧？這個案件早就離開我手邊了。對不對，時枝先生？」

時枝苦澀著臉說：「事務方面的確如此。」

古里聽了感到不悅，問：「你說事務方面是什麼意思？事務方面的交接完成了，還有什麼問題？」

半澤出面緩頰：「或許是這樣沒錯，不過今後應該還會需要借助古里先生的智慧，還請多多幫忙。」

「智慧？管轄部門已經更換了，你們應該自己負起責任吧？還是你們打算說，這次沒看出投資失敗是我們的責任？」

「當然不會。只是有幾點讓我感到在意。」半澤邊說邊盯著古里。「聽說你們告知伊勢島飯店，提供貸款的條件是要轉虧為盈。請問該公司最早提到業績會有盈餘，是在什麼時候？」

「應該是在可以預見第一季結果的時候吧？」

伊勢島飯店是在九月決算，因此應該是去年十二月。

「那又怎樣？」古里眼中帶著怒火質問。「難道你要說，因為我在交接的時候提到，『如果該公司轉虧為盈，希望能夠提供貸款』，所以你們才沒有發覺到巨額損失？」

半澤說：「伊勢島飯店有隱瞞損失的嫌疑。白水銀行發現到這筆損失，有沒有可能是因為預先得到情報？」

「你說什麼？」古里瞪大眼睛。「既然沒有情報，承辦人員就沒有責任吧？舊產業的人在授信判斷方面有很高的評價，怎麼會說出這種話？」

「我只是有些在意。」半澤輕描淡寫地迴避挑釁。「不過為了準備金融廳檢查，包括這些來龍去脈在內，我也打算重新調查。今後應該還會來請教一些問題，請多多關照。」

半澤鞠躬，古里則交叉雙臂，把頭轉向一旁。

7

半澤訪問伊勢島飯店的隔天早上，第二營業部長內藤寬突然找上半澤。

「向伊勢島飯店催討貸款的事——」內藤面帶愁容地瞥了一眼半澤。「先稍等一下。」

「是大和田常務方面的要求嗎？」

「你應該知道，我們銀行也有內部融合的問題。另外也有人主張，為了檢查硬要別人配合本部門的狀況，似乎不太妥當。」

半澤沉默不語。內部融合是中野渡董事長提倡的重要主題。

「如果董事會認為沒關係，那就暫時先觀望情況吧。」半澤回答。「不過就結論而言，這是錯誤的。不論伊勢島飯店跟誰關係很好，都不應該違反原則。我原本以為大和田常務能夠反過來勸戒他們。」

內藤嘆了一口氣，說：「大和田先生是前任京橋分行長，和羽根專務很親近。因為羽根先生強烈要求，所以他才特地來疏通。」

半澤不禁仰頭。大和田的判斷錯了。

「部長，你有什麼想法？」

內藤說：「別問我，半澤。」

「為了保持銀行內部和諧而扭曲判斷，這家銀行真是太棒了。像這樣還想要撐過檢查？」

「所以才會突然找你來承辦。」

半澤嘆了一口氣。

「收回貸款的事，就先暫時擱置。如果迫不得已，到時候再收回也不遲。在那之前，應該還有別的事要做。半澤，你要去重新徹查伊勢島飯店，找出解決方案。我知道這是困難的工作，不過你一定辦得到。不，應該說只有你才能辦到。總之，這件事就交給你了。」

內藤說完，挑起眉毛表示談話結束，然後開始閱讀桌上的文件。

8

「你說不能去旅行，是什麼意思？理由是什麼？」花氣得臉色鐵青，朝著半澤質問。

「金融廳檢查。聽說下個月初就要來了。」

「真是的，別開玩笑！」

花憤恨地說，似乎覺得這是不可原諒的暴行。急性子的花已經預定暑假到國外旅行，剛好撞上金融廳檢查的日期。

「錢都已經付了，如果要取消，就得付取消手續費。這筆錢銀行會幫忙出嗎？」

「怎麼可能！」半澤心中暗想「別傻了」，如此回應。

「那不是太過分了嗎？基本上，為什麼要挑暑假來檢查？金融廳的官員難道都不通人情嗎？」

「當然了。」

半澤不禁失笑，花便以厲鬼般可怕的面孔瞪他。半澤知道花很期待這趟旅行，但事情演變成這樣不是他的責任。這也是工作。最需要休養的明明是半澤本人，而號稱專職主婦、實際上卻優游自在去打網球、到餐廳吃午餐的妻子反而動怒，實在是說不過去。不過半澤要是說出來，花一定會反駁說「你是憑自己的意願去工作的」。也因此，不論疲勞與否都是半澤自己的責任，但沒有陪伴家人這點就是不可原諒。

半澤雖然理解玩越多的傢伙越愛玩的道理，不過當花放言說「那就叫金融廳來付取消費」的時候，他也不禁以懷疑的眼光看妻子，不知道她是不是在開玩笑。

「那是不可能的。」

「檢查要到什麼時候才結束？」

半澤回答：「這次應該會持續將近一個月吧。」

他沒有說出「因為有伊勢島飯店的問題」。這是在金融廳檢查的日程決定後，渡真利打電話告訴他的。

「一個月？別開玩笑！暑假都要結束了。」花發出絕望的聲音，彷彿幾乎要昏倒。

半澤回她：「我說過了，這又不是我害的。」

這時花突然好像想到什麼，一本正經地問他：

「對了，只有在旅行的這五天，請別人代班怎麼樣？」

半澤不知道該如何回應這種思考迴路的人。學校也沒有教過。如果不是學經濟或法律、而是學習如何說服這種基本常識迥異的對象，那麼他或許願意重新去上大學。

半澤回應：「那是不可能的。」

「太過分了！」

半澤對鬧脾氣的妻子束手無策，發出今天最沉重的嘆息。

第二章　心靈的煤焦油成分

1

近藤直弼被外調到田宮電機公司。這是一家總公司位在京橋的中堅電子產品製造商。

雖然說是中堅公司，不過營業額僅勉強達到一百億日圓。以位於東京都心的公司來說，規模並不算大。

社長田宮基紀是在十年前創業社長過世後繼承公司的第二代。也就是說，這是一家家族企業。田宮在當上社長之前，曾任職某大型電子產品製造商。雖然不算是完全沒吃過苦的富二代，不過卻有些搞不清楚狀況的地方。

田宮在三年前受到有往來的東京中央銀行徵詢，答應接收外調人員。對於當時苦於合併後職位減少的銀行人事部來說，等於是雪中送炭，至今已經有三人外調到田宮電機，但都做得不久。

理由當然有很多，不過最大的理由，大概是因為田宮刻意疏遠想要融入公司的外調人員，稱呼他們「銀行先生」。下屬也仿效田宮的相處方式，和外調人員保持距離。

近藤是在去年十月以保留銀行員身分的形式調職，從關西的系統部外調到田宮電機。當時近藤原本已經決定永久住在大阪，還簽了獨棟房屋的購屋契約，卻只能放棄訂金，和家人一起搬到銀行提供的三十年屋齡租賃宿舍。

「到頭來，真不曉得付那筆訂金是為了什麼。」

妻子這句話至今仍舊在他心中留下疙瘩。

當時他們剛送出搬家行李，即將離開住了兩年的大阪宿舍。夫妻倆和兩個孩子站在客廳窗口，望著窗外的小庭院。由紀子說：「在這裡的時間雖然很短暫，不過很快樂，也常常在這個院子裡玩。你們要好好看它最後一眼，把它記在腦海裡。」兩個孩子順從地點頭，然而對近藤來說，這幅景象感覺格外殘酷。

當近藤得知自己要被外調時，原本考慮獨自赴外地工作，但由紀子主動提議全家一起搬過去。

由紀子說，她不希望一家人再度分散。

事實上，近藤從來沒有和家人分居過——只有入院時例外。當時的他囚禁在黑暗的心靈中，對由紀子來說或許感覺很遙遠。

近藤很感謝她願意一起來到東京。然而想到因此讓家人受苦，他心中又多了一份重擔，並且再次聽到內心發出嘎嘎的不協調音。

他連忙捂住心靈的耳朵，想起當時曾經告訴過自己：

不要緊，我已經不是銀行員了。我要在小小的公司找到自己的場所。一切都結束了——

最近近藤偶爾會想起剛錄取產業中央銀行時，某個學長對他說過的話：

「這一來你們就一輩子都有保障了。」

這句話的背景存在著舊大藏省的護航艦隊方式，以及銀行不倒神話。然而被認為堅若磐石的舊金融時代象徵，卻以不曾預期的形式被破壞，原本有十三家的都市銀行縮減到剩下三家巨型銀行。

有保障是什麼意思？

近藤走出銀行建築，回到位在京橋某棟住商混合大樓三樓的公司，途中不斷思索。

是指生活無虞嗎？

如果是這個意思，近藤的確不用擔心生活。即使生病了，仍舊能夠像這樣得到工作場所。

然而進入銀行時懷抱的夢想、希望還有自尊，已經為了顧生活而不知遺落到哪了。

失去了人生中很重要的東西，最後剩下的「生活無虞」這項保證，此刻也已經是風中殘燭。

現在的近藤仍舊保留銀行員身分，可說是「綁著繩子」外調的立場。

不過這條「繩子」再過兩年就會斷掉。也就是說，從那時候開始，他就會正式從銀行轉職到田宮電機。

成為田宮電機這家小公司的員工之後，如果再度發病，是否也能夠繼續保有工作？他沒有任何保證田宮會容許這種事。田宮總是帶著冷笑觀望來自銀行的近藤言行。

近藤沒有任何依靠。近藤家與由紀子家都是上班族家庭，雙親只有足以養老的積蓄。他的心境就好像一家人帶著年幼的孩子坐在橡皮艇上，漂浮在汪洋中孤立無援。而且這艘橡皮艇上還有不知何時又會綻開的洞。

滲出的煤焦油又侵蝕了一公釐近藤的腦袋。

「近藤先生，情況怎麼樣？」田宮看到近藤回到公司，便揮揮右手叫他。

「我姑且把古里先生交代的文件交出去了，不過沒有得到任何承諾。」

「什麼？」田宮刻意裝出誇大的驚訝反應。

近藤站在辦公室後方的社長辦公桌前。田宮上半身往後仰，一副無奈的表情問他：「那該怎麼辦？」

「我會繼續進行交涉，請再等一陣子。」

「喂，你說再等一陣子，可是這件貸款是上個月申請的吧？已經過了快三個星期都沒有得到結論，不是很奇怪嗎？你既然是銀行員，應該知道理由吧？請你告訴我，為什麼沒辦法得到貸款。」

銀行員——田宮絕對不會稱呼近藤為員工。

「做出判斷的是分行，我也無法得知詳細內容。」

「你這樣根本就不夠格當保鏢嘛！」田宮忿忿地說。

我又不是保鏢——近藤想這麼說，但忍住了。

田宮的口吻彷彿借不到錢是近藤的責任。近藤很想明確告訴他，是因為公司經營本身有問題，但是想到要在這家公司長久待下去，就不得不收斂一些。

「合併之前還借得到錢。五年前那時候，想借多少就有多少。當時東京第一銀行的分行長是個好人——就是現在的常務董事大和田先生。你應該也聽過吧？」

近藤雖然沒有直接和大和田接觸過，不過他聽人說過，大和田是個精明能幹的人。

「問題到底出在哪裡？」田中把上半身離開椅背，雙手十指交叉放在桌上，用銳利的眼神盯著近藤。

「根據古里先生的說法，本公司既沒有營業計畫書，經營也漫無計畫。話說回來，像古里先生要求的那麼詳細的營業計畫書，是否有必要又另當別論。」

田宮平日就愛誇口說他的公司不需要營業計畫。根據他的說法，所有計畫都在他的腦子裡。

田宮繼承這家公司的時候，仍舊沒有跳脫大企業的觀念。他宣稱自己領悟到，這種小公司怎麼做都沒問題。他甚至常常在酒席之類的場合這麼說。

「哼，計畫？」一如預期，田宮果然不屑地回應。「近藤先生，你該不會正在自以為有先見之明吧？」

不需古里說，近藤也一直建議田宮製作營業計畫書，是田宮自己不肯聽從建議。只要看過當時田宮激烈拒絕的模樣，應該沒有人會認為提不出計畫書是近藤的責任。

「我可以理解莫札特的心情。」田宮再度靠在椅背上，突然說出這種話。「不是有部電影《阿瑪迪斯》嗎？電影裡有一幕，席卡內德催促莫札特交出先前委託的輕歌劇，莫札特就說：『別擔心，已經完成了。曲子在這裡。』」

田宮用食指輕敲自己的太陽穴附近嘻嘻笑，似乎自認為是經營天才。

「道理是一樣的。這種規模的公司，怎麼做都沒問題。」

就是因為有問題才會苦於籌措資金，但田宮沒有發現這一點。

「總之，我請你來是為了處理資金籌措的事，所以要拜託你了。還是說，舊產業的人果然辦不到嗎？」

舊產業、舊東京這樣的「行內用語」，大概是古里提供的點子。

「不，我想這種事應該沒有關係。」

「既然這樣——」田宮突然以凶狠的表情瞪著近藤。「那就趕快去說服銀行貸款。你可以拜託認識的人在內部斡旋，或者還有很多辦法吧？動動你的腦袋好不好？」

「真抱歉。」

我到底為了什麼在道歉？

近藤突然感到困惑，幾乎不知自己身在何處。黑到發亮的煤焦油又在腦中蠕動。

「部長，這樣會讓我們很為難。」

近藤一坐到自己的座位，他的下屬野田英幸就發出不耐的聲音。總務課長野田從上一代社長的時代就負責管理公司會計，至今已經將近二十年。

近藤察覺到老員工充滿嫌惡的眼神，再度感覺到內心某處被侵蝕。近藤的頭銜和前任外調人員一樣是總務部長。雖然說是部長，但下屬包括課長野田在內只有四個人。

「公司的資金籌措怎麼辦？真的來得及嗎？」

近藤雖然覺得必須做出某種回應，但首先脫口而出的卻是嘆息。

「現在還在銀行審查中，可以再等一陣子嗎？」

「我不想聽這種話！」

野田敲了一下桌子，斬釘截鐵地說。野田雖然是下屬，但年紀比近藤大了十五歲。他的指責讓人搞不清誰才是上司。「我要聽的是結論。這個月底就需要資金了。如果來不及，你打算怎麼辦？」

不用你說，我也知道——近藤想如此回應，卻說不出來。

只要他擔任總務部長，就必須和野田同心協力處理工作。

要是不識相地反駁而讓這個男人不高興，那就麻煩了。與其變成那樣，還不如隨便他怎麼說。

然而野田的態度中似乎還懷有憎恨。近藤大概可以猜想到個中理由。

野田孜孜不倦地工作二十年，仍舊是個課長。前任部長屆齡退休之後，他原本期待自己可以接任部長，沒想到卻從銀行空降外調人員。即便如此，他還是設法擊沉前幾任，正當他以為終於輪到自己，卻又來了近藤。

即使明白接受外調人員是因為東京中央銀行強烈要求，野田內心也無法輕易妥協。他心中一定執拗地殘留著「為什麼」的疑問。

不只如此，野田還有其他排斥近藤的理由。

他討厭銀行。

野田在長年和銀行打交道的過程中，常常遭到欺負，因此總是在酒席上罵「銀行員太可惡了」。

而現在可憎的銀行員成了自己的上司。他當然會感到憤怒。

不論在哪一家公司，都會有「合不來」的人。

這種事近藤也知道，也自以為有心理準備。

然而野田卻讓他束手無策。除了對近藤的敵意之外，野田死守自己工作範圍的地盤意識也造成阻礙。

之前發生過這樣的事——

當野田外出時，近藤使用會計用的電腦，輸出試算表。野田事後得知此事，氣得暴跳如雷。

野田主張為了保持會計正確性與機密性，即使是部長也不應該輕易干涉。他完全拒絕接受近藤勸說，而田宮也對此採取默認的態度。

傷腦筋的是近藤。

製作銀行要求的業績計畫和現金流量表的資料，全都在野田手中。就連輸出一張試算表，都得拜託野田才能得到。

此時近藤體認到，自己只是空有其名的總務部長。他只是被賦予辦公桌和頭銜的裝飾品。

近藤原本期待來到小公司可以更自由地發揮所長，卻被迫面對完全不同的現實。期待落空與疏離感，讓他心靈的齒輪再度發出唧唧的摩擦聲，緩慢地驅使他迷失方向。

他想要逃跑，卻沒有退路。他全身冒冷汗，感到呼吸困難而鬆開領帶。

然而沒有一個下屬察覺到近藤的變化。

近藤手中拿著未批閱箱的文件，視線在上面掃了好幾次，卻沒有讀進內容。

2

「你回來了——不要緊吧？」

近藤的妻子由紀子到玄關迎接他，似乎一眼就看出他的狀況不對勁。

看到由紀子擔心的樣子，近藤才發覺到自己是以什麼樣的表情回到家。

他們住在位於戶田公園站附近的公司宿舍。這是一棟木造水泥牆建築的獨棟房屋。租金雖然便宜，但廚房、衛浴的陳舊程度卻讓人不敢恭維。

由紀子皺起眉頭問：「工作很辛苦嗎？」

「嗯，差不多。」

由紀子又問：「不要緊嗎？」

「妳不用擔心。」

近藤當然知道，即使這麼說，她也不可能不擔心。他脫下外套，掛在玄關旁邊房間的衣架，然後深深地嘆了一口氣。

我老是在嘆氣。

他突然想到這個念頭，雖然不好笑卻發出短促的笑聲。

能笑出來就還算不要緊吧。

他接著這樣想，然後又笑了。

簡直就像自編自演的悲喜劇主角。近藤劇場看來還要繼續演下去，真是的——客觀地觀望自己，是近藤這幾年學會的感情控制方式之一。

用第三人稱來思考。

不要用第一人稱思考。

不要把自己當成主角，而是站在操控主角的作家或劇作家的立場來思考。

他雖然不太常讀小說，不過他告訴自己，一定能辦到。每個人都站在人生劇場的舞臺上。

透過這樣的思考方式，近藤就能在心靈中找到逃避的空間——雖然是很小的空間。

煤焦油仍舊持續流出，但沒有覆蓋一切。

「再努力一下吧。」

他取下領帶，解開汗濕的襯衫釦子，小聲地自言自語。

他稍微產生自信，覺得自己辦得到。他走到廚房，由紀子體貼疲勞的他，便問：「要不要喝啤酒？」

近藤正在猶豫要不要服用抗憂鬱劑，因此一時回答不出來。

「嗯，好啊。」

在由紀子加熱高麗菜卷的時候，近藤喝了三百五十西西罐裝啤酒。酒精通過喉嚨的感覺很舒暢，但他一直等不到期待的醉意。他整個人只有腦袋格外清醒，腦中不斷片段地浮現今天發生的種種事情。每一個片段都是殘酷的白日夢。

他沒有食欲，也覺得料理食之無味。近藤勉強把料理放入嘴巴，內心對由紀子感到歉疚，小聲說「我吃完了」。

「有件事我想要跟你商量。」

當近藤啜飲一口由紀子泡的熱茶時，由紀子如此切入話題。

「洋弼說他想要上補習班。」

近藤把茶杯放在餐墊上，望著妻子。

「補習班？」

「聽說是升學補習班。」

「哦。」近藤首先發出的是感嘆的聲音。接著他理解到由紀子說要商量的意思。

「隆夫今年開始去上四谷大塚，真子上Sapix，友久上早稻田班。」

四谷大塚、Sapix、早稻田班——這些都是升學補習班的名字。「大家都滿積極的。我本來覺得國中繼續念公立也沒關係，可是洋弼說想要認真念書，希望可以去上補習班。」

「哦。」近藤再度發出感嘆的聲音，然後把跑到喉嚨的「補習費很貴吧」這句話吞下去，回應：「既然他本人想要念書，那就讓他去念吧。」

他還在銀行工作的時候，常常談到升學補習班的話題，因此也知道要花多少錢。雖然是頗大的開銷，但他不能因為家庭經濟的理由說「不要去」。相反地，他覺得不論經濟狀況如何困窘，都應該讓孩子接受良好教育。

由紀子委婉地問：「真的沒關係嗎？」

「沒關係。」近藤原本想要爽快地如此回應，但語氣卻夾帶著些許焦躁。

「會有辦法的。」

近藤試圖掩飾。他感受到由紀子的不安。

他雖然答應了，但又多背負了一個重擔。

不過這也是無可奈何的。

既然洋弼想念書，怎麼想都找不到反對他上補習班的理由。唯一的因素，就是近藤生病這件事。然而如果提出這個理由，近藤覺得自己會失去很重要的東西。

近藤心想，這就是人生。

人生當然也有痛苦的時候。只要越過難關，一定會有快樂的未來。

會不會太冠冕堂皇了一點？聽起來好像某首廣告歌曲，或是過時青春偶像劇的主題歌。

我現在需要的是希望與勇氣。除此之外還需要什麼？

「我要去洗澡了。」

近藤勉強打斷自己的思緒。

3

「近藤那傢伙，感覺有點危險。」

渡真利說完，拿起服務生端來的啤酒杯，第一口就喝掉三分之一左右。

這天持續下了一整天細雨。現在時刻是晚上十點多，他們照例坐在神宮前串燒店的吧檯座位。半澤等著他說出「感覺有點危險」的理由。

渡真利告訴半澤，這天上午近藤聯絡他，和他討論融資的事。這已經是第二次了。

半澤問：「你有沒有去看京橋分行的案件登錄？」

只要檢視電腦線上系統的登錄，就可以看到哪家分行簽報了什麼樣的案件。

「當然。上面沒有登錄。」

「沒有登錄？」半澤驚訝地詢問。「這是怎麼回事？」

沒有線上登錄的融資案件，等於根本還沒有開始處理。

「我才想知道。京橋分行也是我工作往來的對象之一，所以我去問了一下。負責田宮電機的承辦人員接了電話，大言不慚地說，這個案件還沒有到可以呈報的階段。根據他的說法，首先是文件有問題，未來的業績預測都亂寫一通，還有就是田宮電機的業績太糟糕了。」渡真利以苦澀的表情說。

「這家公司好歹也能接收外調人員，不可能太糟吧？承辦人員是誰？」

「叫作古里的課長代理。」

半澤抬起頭看渡真利。

「他就是之前在京橋負責伊勢島飯店的人。」

渡真利皺起眉頭。

「近藤製作的資料不可能會那麼糟。只要古里願意簽報，我相信一定可以通過。我也叫他趕快簽報，可是他卻要我別多管閒事。那個王八蛋！」

渡真利氣沖沖地將烤雞串燒的竹籤丟入竹籤筒裡。「就是因為有那種傢伙，大家才會抱怨舊東京的人如何如何。」

「渡真利，別說這種無聊的話。」

半澤勸戒他，他就說「有什麼關係，反正我只跟你說」，然後又端起啤酒杯大口地喝。今天的渡真利似乎很疲累，喝醉的速度有點快。

「他們比勢力比不過我們，所以才做這種事洩憤。」渡真利如此斷言，然後以醉眼看著半澤問：「伊勢島的問題怎麼樣了？檢查沒問題嗎？」

「老實說，現在還沒有看到出口。」

半澤也因為對方是渡真利，因此老實回答。

「有什麼展望？」

「目前連資料都還不齊全。」

渡真利說：「那樣不太妙吧？不管有什麼樣的理由，檢查只看結果而已。」

「總之，現在還在收集情報的階段。只能在收集到情報之後，再來摸索解決方向。」

「喂，你別說得這麼悠閒，時間不多了。這次金融廳檢查，表面上是黑崎對上東京中央銀行，可是實際上卻是黑崎對上半澤。那傢伙很難對付，你要有心理準備才行。」

半澤沒有回答，只是無言地拿起燒酒的玻璃杯。

4

這個星期六晚上六點多，近藤來到假日的公司，獨自一人在自己的座位上攤開文件。

上個星期，他大半的工作時間都花在和銀行進行貸款交涉。這是因為京橋分行的承辦人員古里要求他，為了今後做準備，希望能夠製作中期營業計畫書。

說實在的，中小企業的未來很難預測。

在沒辦法取得田宮協助的情況下，要他根據實際數字重新製作也有一定的限度。

六月底——這是近藤向古里申請的希望貸款日期，但古里卻不顧近藤的焦急，提出毫不容情的建議。

「要我們把定期解約拿來用？」

聽到近藤轉告的提議，田宮的憤怒果然非同小可。

近藤周遭的環境，已經不是忍一忍就能等到風向變化那麼悠閒的階段。近藤在這家公司的評價相當慘澹。再這樣下去，有可能跟前任的外調者一樣被退回銀行。

「那樣或許比較好吧？」

這是由紀子的意見。她認為與其勉強待在這家公司，還不如請銀行尋找其他外調場所。

「這一來，也許可以遇到更好的職場。」

真的嗎？

回到銀行之後再度外調，真的就能夠幸運找到更好的公司嗎？如果又遇到像田宮電機這樣的公司怎麼辦？到時候又要回到銀行嗎？

近藤心想，工作不是這樣的。

基本上，在這種狀況下受到不公平的評價被趕走，就失去不惜放棄購屋訂金、搬到東京的意義了。他不想要讓妻子和孩子的犧牲付諸東流。

在這拘束的八個月當中，近藤覺得最大的問題，就是公司內部封閉的氣氛。不被社長田宮認可也就算了，畢竟近藤在這家公司沒什麼實績。問題較大的不是田宮，而是野田。

連製作一份資料都要野田許可的狀況下，近藤根本無法好好發揮既有的能力及經驗知識。

野田平時就會把櫃子鎖起來。銀行在下班後鎖上抽屜及櫃子是很正常的，可是一般企業很少這麼做。如此徹底的情報管理方式，在公司內被揶揄為「鐵幕」。

「我要找什麼不用你管。」

近藤喃喃自語，打開這座櫃子。開鎖用的是他事先瞞著野田取得的備用鑰匙。

他拿出前年的會計資料，抄下自己需要的數字。

然而近藤突然停止抄寫數字。

好像有哪裡不太對勁。

他無法說明清楚，只能說是長年待在銀行觀察企業財務的直覺。這份資料和之前看到的時候相比，給他不太一樣的印象。

他再度來到櫃子前，瀏覽排列在架上的分類帳書背。

就在此時，他發現另一個同一年度、標籤完全相同的書背。

是影本嗎？不對——他打開來看，裡面的數字不一樣。

晚上八點多，近藤捧著找到的帳簿離開辦公室，轉乘地下鐵與ＪＲ踏上回程。

他在搖晃的埼京線上，俯瞰黑暗的荒川水面。

他今天做了許多工作，然而取代充實感的，是此刻腦中滿滿的疑惑。

野田之所以把自己的工作領域當作不可侵犯的聖域，會不會是因為藏著不想被近藤知道的祕密？

近藤腦海中浮現野田每天早上提著沉重公事包上班的身影，宛若稅務會計師或律師一般。

「怎麼了？你的表情好嚴肅。」

由紀子替他端來麥茶，擔心地探頭看他的臉。

「發生了一點問題。」

一聽他這麼說，由紀子的表情就變得憂鬱。

「你會不會太勉強自己了？」

近藤回答：「不用擔心。」

一直侵蝕著他心靈的煤焦油稍微後退了。

原本只感到痛苦的環境、只能默默忍受的人際關係當中，出現了新的地平線。

田宮電機藏有某種祕密。這個祕密絕對不能讓銀行出身的近藤知道。

也因此，野田才會採取那樣的態度。

這項事實喚起近藤長久以來遺忘的戰鬥精神。

他忘卻時間流逝，檢視兩年前的帳簿。

5

「這是怎麼回事，近藤先生？銀行不給我們貸款，要我們把定期解約，還需要準備這種東西嗎？」

星期一，田宮瞥了一眼近藤重新製作的中期計畫，皺著眉頭表現出排斥反應。

「銀行說今後還會用到，所以必須製作計畫。」

「我不知道銀行怎麼說，可是總不能人家說什麼都照單全收吧？你應該積極提出本公司的主見才對。」

「不需要銀行來說，我也認為中期計畫是必要的。」

田宮回以嘆息。

「要怎麼說，你才會明白？」

近藤心想這是他要說的臺詞，不過忍住沒有反駁。他沉默而有耐心地繼續站在社長辦公桌前。他知道背後的野田冷冷地看著他，但完全不在乎。

在他內心某個角落，黑色的煤焦油再次開始主張其存在，不過只有兆頭就結束了。近藤告訴自己：我已經改變了。

「總之，可以拿這份方案作為基礎，在公司內部擬定確實的中期計畫嗎？」

「這樣根本沒意義吧？」第二代社長拒絕他的提議，傲慢地靠在椅背上，以誇大的嘆息回應。「計畫這種東西，只要放在經營者的腦袋裡就夠了。當然也有些三流的經營者，光是擬定計畫就覺得好像已經實現，可是這樣不對吧？計畫就只是計畫而已。重要的不是形式，而是內容。」

計畫就只是計畫而已——只要還抱持這種想法，公司經營就不會順利。要有達成計畫、甚至得到更高業績的意志力，才會產生明確的方向。

「社長，計畫不只是形式，而是未來的設計圖。」

「那麼工人就是我囉。」田宮忍俊不禁。「只要我知道怎麼做，就不會出錯。我不是說過了嗎？計畫都在這裡。」

他說完又指著自己的頭。

近藤很想仰天長嘆。

田宮自稱放在腦中的設計圖，根本就是荒誕無稽。近藤在這兩天的調查中，痛切地理解到這一點。

近藤在星期六發現帳簿之後，次日的星期天也暗中來到公司，再度打開「鐵幕」。

他在那裡總共發現五本祕密帳簿。這五年份的帳簿內容和公司對外的決算資料完全不同。對外資料上雖無大賺但仍有一定盈餘，然而這些帳簿卻隱藏著田宮電機的真相。

近藤默默地俯視仍舊指著腦袋、自以為天才的男人。

這個男人欺騙銀行，還想欺騙外調到這家公司的近藤，此刻臉上掛著鄙視近藤的嘲諷笑容。

調查內外帳簿差異的工作，帶給近藤各種情報與情感。他掌握了一些事實，但也有不明白之處。然而除了這些事實之外，近藤也想起他原本遺忘的東西。

那就是身為銀行員的自尊與憤怒。

近藤得到社長口頭承諾說會考慮看看，便退回自己的座位。這時野田冷冷地對他說：

「到現在還提什麼中期計畫！」

「過去都沒有計畫才奇怪。野田先生，你不這麼認為嗎？」

「隨便寫些數字做成一覽表，也能稱得上計畫嗎？」

近藤回答：「當然稱不上。不過那是沒有確實擬定過計畫的人說的話。本公司不僅沒有中期計畫，連個像樣的年度計畫都沒有，所以也難怪你會這麼想。」

野田以窺探的眼神看著近藤。他隱約察覺到近藤似乎和平常不太一樣。

近藤並不在乎。他覺得自己心中的枷鎖似乎解開了。一言以蔽之——

他感到輕鬆許多。

「還有，野田先生，可以請教你一下嗎？」

野田似乎不打算站起來，仍舊朝著電腦打字，不知是沒有聽見或只是不想理他。

「野田先生。」近藤再次呼喚，這回用稍微強烈的口吻。

「幹麼？」野田的回應很粗魯。

「我有些關於決算的問題想問你。」

野田故意「啐」了一聲，宛若被教師點名的不良國中生般，緩慢地從座位上站起來。

「前年度財務報表的這個數字怪怪的吧？」

「怪怪的？」野田短促地笑了一聲，然後用挑釁的態度問：「哪裡奇怪？」

「比如說這裡——」近藤在野田面前，用原子筆敲敲該年度財務報表的數字。他指的是存貨數字。「這個數字和本公司的庫存管理表不一致。為什麼？」

「庫存管理表？」野田的眼中突然泛起警戒的神色。

「沒錯，庫存管理表。」

近藤直視野田的眼睛。野田的眼中流露出猜疑。

「我不記得有交給部長那種東西。」

「我自己確認過了。」

近藤看著野田眼中逐漸浮現憤怒與疑惑。過去的近藤或許會感到惶恐，不知該如何辯解。然而現在——

近藤心中沒有絲毫顧忌或猶豫，只是觀望著下屬表現出憤怒。

「在哪裡看到的？」

「在哪裡都不重要。」近藤刻意迴避直接回答。

「請你不要擅自行動好嗎？」

「擅自行動？」近藤反問。「我過去一直保持沉默，可是部長翻閱資料有什麼問題？如果有說得通的理由，你就說說看吧。」

「在我回答之前，可以先問個問題嗎？部長，你對會計實務究竟了解多少？我聽說銀行不會教這種東西。」

「那又怎樣？」近藤不以為意地問。

「所以說——」野田漲紅了臉，頭上彷彿要冒出蒸汽。「所以說，如果外行人亂碰，就會把資料亂放，或是搞丟資料。那樣的話會很困擾，所以我才請你不要亂動！」

野田以快要拍桌的激烈氣勢咆哮。辦公室內的所有人都望著近藤與野田對話。田宮也從後方的社長辦公桌看著他們。

「我還沒有外行到那種地步，你不需要擔心。現在你可以回答我的問題了嗎？為什麼數字不一致？」

就在兩人彼此怒視的時候，聽到田宮的聲音：「近藤，你過來一下。」野田臉上泛起得意的笑容。近藤回頭，看到田宮在招手。

「你這樣會給我們帶來很大的困擾。」

田宮仍舊靠在椅背上，抬頭看著近藤。

「帶來什麼困擾？」

「我的意思是，公司的會計都交給野田處理。你身為總務部長，希望別做出越權行為。」

「會計是歸在總務部內。這樣就稱作越權行為，太奇怪了吧？」

「那是為了方便起見，組織架構才會這樣安排。」

田宮說出令人費解的話。

「方便起見？」

田宮以銳利的眼神盯著近藤，說：「如果有不明白的地方，只要問野田就可以了。總之，請你不要去碰會計，知道了嗎？」

「那麼可以請社長對銀行這麼說嗎？」

「什麼意思？」田宮面露怒色。

「請你對銀行說，不想讓我看到會計內容。銀行之前告訴我，這個總務部長的職位包含會計工作。這一來就跟當初談的不一樣了。」

「那是銀行和你之間的問題，跟我說也沒用。我對你的期待只有資金調度而已，可是你連這一點都辦不好。不過，幸虧現在還是試用期間。近藤先生，你說是不是啊？」

田宮刻意露出殺手鐧。他在暗示只要他有那個意思，隨時都能讓近藤回到銀行。

「銀行要我接收外調人員，我才迫不得已地收留你。如果你這麼說的話，我也只能敬謝不敏了。我不希望銀行先生繼續在這裡亂搞。」

又是銀行先生。

「糾正有問題的財務報表如果也叫亂搞公司，那就請便。不過這樣下去，公司是不會改善的。」

「可以請你不要說得好像很懂好嗎？關於公司經營，不用你說，我也很了解。」

近藤是第一次和田宮當面爭論。

他一直在客氣——不，是卑躬屈膝。不論是被酸言酸語，或是遭受不合理的對待，他都只是假裝不在意，想要息事寧人。

他對一切都畏畏縮縮，因為擔心被這家公司捨棄而變得消極被動，失去原有的積極性格。

不對，近藤變得消極被動，應該是從更久以前。

當年他受到期待，分發到秋葉原的新分行，在那裡被貼在牆上的業績目標逼促，遭到分行長惡言相對。從那時起，近藤的人生就變得消極被動。

二十多歲的他樂觀進取，三十多歲的他悲觀退縮，四十多歲的他則一味低頭。

然而他在這個週末改變了。

當田宮之前稱他「銀行先生」，他總是心想「為什麼不把我當員工看待」。他想要成為公司的一份子。

然而此刻他領悟到，自己終究是銀行員。說得更明確一點，應該說是「精神上的銀行員」。如果無法理解這樣的精神層面並接納他為員工，那麼不論他到哪裡，都找不到最終的居所。

吹噓經營計畫都在腦子裡的田宮，對他冷嘲熱諷、事事反抗的下屬野田——

即使一直客氣，也不會得到認同，那麼乾脆盡情發揮本色吧！展現真正的自己，如果不被認同，那也無可奈何——

當近藤這麼想，原本黑暗而悲觀的心靈中，不知從何處射入一道光芒。到了四十多歲原本一味低頭的他，此刻終於抬頭挺胸。

近藤問：「那我想請教一下，去年的虧損是多少？」
田宮盯著近藤的臉，故意裝糊塗說：
「去年的虧損？你在說什麼？去年不是有盈餘嗎？」
「那麼在去年決算時，本公司的存貨是多少？社長，請你告訴我。」
田宮沉默不語。近藤代替他回答：
「兩億四千萬日圓。這是五年前的一點五倍水準。銷售額明明沒有成長，為什麼會這樣？野田先生——」
近藤呼喚此刻想必正屏住氣息、在背後觀望兩人對話的野田。
「請你把前年度的庫存管理表拿來。」
野田從遠處的辦公桌臭著臉看著近藤，慢吞吞地起身打開背後的櫃子。他的動作很遲緩，臉上表現出對近藤反抗的態度。
「快點拿來，野田！」
近藤發出怒吼。公司內所有的視線都朝向他。
野田好似被雷打到一般挺直背脊，瞪大眼睛。他從櫃子抓出一本檔案夾，怒氣沖沖地走到近藤斜後方，臉孔因屈辱而通紅。
「給我。」近藤說完打開管理表。

「有什麼問題嗎？」

田宮因憤怒而臉色鐵青，表情僵硬。

近藤打開的管理表上，紀錄著兩億四千萬日圓的產品存貨。

也就是說，這是支撐財務報表數據的假資料。

「這是誰製作的？」

「還有誰？」野田以憎惡的語氣問。「當然是我。還有誰會做這種東西？」

「是依據社長指示做的嗎？」

野田瞥了一眼田宮，說：「有什麼好指示的？不就是決算的數字嗎？」

「社長，你接受這個數字嗎？」

田宮雙臂交叉，鼓起臉頰仰視近藤。

「那當然。你到底在說——」

「可以請你說實話嗎？」

近藤這句話讓田宮忘了眨眼睛。田宮直視近藤，顯然是想要探他的底。

近藤轉頭看野田。

「還有另一份庫存管理表吧？拿出來！」

五十五歲的野田髮際後退的額頭染成紅色，努力虛張聲勢說：

「我、我不知道你在說什麼。」

「是嗎？那就算了。」

近藤轉身，朝著野田的辦公桌方向走過去。是櫃子——！野田發覺到之後追上來，搶先近藤一步檔在櫃子前方。

田宮也從後方追上來問：「近藤先生，你在想什麼？」

「請安靜！」近藤怒叱田宮，然後用力推開站在櫃子前方的野田。他無視於跌坐在地上的總務課長，打開櫃子的門。

他已經完全掌握位置。

轉眼間，他就抽出綠色檔案夾，狠狠摔在野田的辦公桌上。

他打開資料夾，讓田宮看上面記載的存貨數字。

兩億日圓——

「野田，到底哪個才正確？」

依據計算公司損益的規則，四千萬日圓的浮報會成為利益。前年度田宮電機雖然有盈餘，但收支幾乎持平；如果少了這筆捏造的存貨，實際上應該會有四千萬日圓的虧損。

野田的眼神變得黯淡。

近藤回頭看面色蒼白、一臉錯愕的田宮，說：
「社長，這件事你也知情吧？」
「這、這是——」
田宮變得狼狽，拚命思索藉口。此刻的他已經失去自稱理解莫札特心情的從容，完全顯露出會計舞弊被發現而驚惶失措的醜態。
「怎麼樣？我在問你是不是知情。」
田宮緊張地說：「這、這只是對內的資料而已——」
「那麼這是什麼？」
近藤走到自己的辦公桌，從最下層的抽屜取出一樣東西。野田站起來，發出短促的叫聲，表情變得僵硬。田宮也目瞪口呆。
到這個地步已經不需要說明。
這個證據不論如何解釋，都無法找到藉口。
近藤把祕密帳簿擺在桌上，緩緩地坐下來，雙臂交叉，靜靜地看著田宮與野田兩人。
銷售額八十億日圓、員工三百人、經營四十年的這家公司，業績已經惡化到必須假造區區數千萬日圓的利益。

即使田宮努力裝出強勢態度、在近藤這個外調人員面前自比為莫札特，田宮電機的本質卻是一艘業績低落的破船，必須仰賴銀行貸款才能夠維持。

對田宮來說，接納來自銀行的外調人員想必如同雙刃之劍。

接受的話，就能和銀行拉近關係，但同時也會有被發現會計舞弊的風險。

田宮雖然提供總務部長的職位，卻絕對不讓近藤處理會計實務——不，應該說不能讓他處理——理由就在此。

對於稱呼外調人員「銀行先生」、把他們當作外人的田宮來說，這是絕對不能被發現的祕密。「鐵幕」就是田宮和野田為此建造的防護牆。

然而此刻，近藤把鐵幕後方的東西攤開在白晝中。

田宮的雙眼變得空洞，雙臂無力地垂在兩側。野田宛若化為水泥裝置物，看起來就像從孟克畫作《吶喊》跳出來的男子。

「你、你要告訴銀行嗎？」

不知道像這樣對峙多久之後，田宮總算從嘴裡擠出這句話。他的聲音微弱而間斷，幾乎在到達近藤耳膜之前就墜落到地板上。

問話時田宮膽怯的眼神，就如快要熄滅的線香花火般搖曳著。

「要怎麼做，是由你來決定。」

田宮的視線晃動了一下。

「如果不是要這種小花招，而是打算認真重建這間公司，那麼我願意協助。」

田宮當然沒有選擇的餘地。

「該怎麼做？」不久之後，田宮詢問。

「我怎麼知道？社長，該怎麼做？你不是莫札特嗎？」近藤瞪著第二代經營者，冷冷地說。

田宮堆起假笑說：「我當然打算積極重建公司。如果你願意一起努力，請多多幫忙。」

「那麼，首先可以請你把腦中的經營計畫寫成文字和數字嗎？請你在明天以前寫出來。接著由課長以上的所有幹部把計畫研擬完成。」

田宮一聽到經營計畫就皺起眉頭說：「明天？可以多給我一點時間嗎？」

近藤回應：「莫札特面對席卡內德催促的時候，不會說出這麼無聊的藉口吧？請你用行動、而不是用嘴巴來證明。否則的話，我就要拿著這本祕密帳簿回銀行。到時候試用期就結束了。」

近藤望著田宮啞口無言的表情，心中的煤焦油已經消失蹤影。

6

渡真利發出悲嘆。

「怎麼到處都有問題?難道沒有像樣一點的公司嗎?」

星期三晚上十點,三人在新宿站附近的日本料理店齊聚一桌。

「應該有吧,只是好像不在這裡。」半澤輕描淡寫地回應,然後問近藤:「你解讀祕密帳簿了嗎?」

「我比較過內外帳簿的差異。田宮電機在五年前業績就已經跌落到虧損,可是當時無論如何都需要貸款,所以就開始虛飾財務報表。」

渡真利說:「虛飾報表這種事只要做過一次,就很難復原了。」

如果把虛構的存貨數字恢復原狀,次年就會減少同等金額的利益。以虛飾增加的部分必須想辦法來彌補,然而對於終年赤字的公司來說,這是相當困難的。

半澤問:「虛飾的只有存貨嗎?」增加存貨的虛飾方式可以說是很經典的手法。

「不止,還有虛構銷售額、未列入進貨、竄改應收帳款,可以說各種虛飾花招都用到了。因為太多,我也沒辦法全部記住。這就是為什麼他們需要製作祕密帳簿來管理。」

「不要緊嗎？」渡真利感到傻眼。

「我已經跟他們談好了。目前會先挑戰看看能不能重建公司。」

「不行的話就回到銀行吧。」

渡真利勸近藤，但近藤卻出乎意料地反駁：

「你以為抱著這種想法能當外調人員嗎？雖然說不行的話也只能回銀行，但是那樣一來也算是悲劇，沒有人會得到好處。我是在外調之後才理解到，自己是個徹頭徹尾的銀行員，不過我已經把回程車票當作丟掉了。必須要有斷絕退路的決心，奮不顧身地努力，才能改善那家公司。」

半澤暗中感到驚嘆。和過去總是抑鬱寡歡的模樣相比，此刻充滿自信的近藤簡直判若兩人。

渡真利擔心地問：「可是虛飾報表的事，也不能不告知銀行吧？既然知道了，就不能隱瞞事實。」

「我明天會去和京橋分行的承辦人員談。我說服田宮社長，如果不告知銀行，就沒辦法真正解決問題。改革的第一步，就是要脫離祕密主義。」

半澤說：「這點很正確。」

「不過啊，近藤，一般來說，造假到那種地步的公司，你應該知道會有什麼後果吧？」渡真利警告他。

「中斷貸款。」近藤沉著地把啤酒杯端到嘴邊。「不過只要我留下來，就不會讓那種事發生。」

「哦，說得好，大師。」渡真利笑逐顏開地說。「你真的成長了！」

「只是恢復原樣吧？」半澤會心一笑，然後向店員點了蔬菜棒。「真是可喜可賀。」

「伊勢島那邊後來怎麼樣了？」近藤改變話題。

半澤回答：「我明天要去和社長面談。」

另外兩人聽了，不禁抬起頭看他。

「湯淺先生嗎？那位仁兄簡直就是煩惱不斷的家族經營者代名詞。」

「我知道。不過如果只跟財務相關的窗口談，好像也沒辦法解決問題。這樣下去，就算我是金檢官，也會把伊勢島分類為危險對象。」

「喂喂喂，半澤老師，拜託。如果被分類為危險對象，幾千億日圓的利潤就消失了。」

渡真利刻意裝出悲嘆的口吻，不過半澤卻一本正經地回答：

「我想不出可以彌補投資損失的點子。如果只是旁觀而不採取對策，根本不可能改善。我不管湯淺社長個性古怪或是頑固，必須請他主導推動改革才行。」

半澤和伊勢島飯店的人談了幾次，發現不論是羽根或原田，對於企業業績的認知都太過天真。

「如果沒有根本的解決之道，或許就很難辯護說是暫時性的虧損。」

渡真利說得沒錯，被分類為危險對象就太遲了，將來會很難得到銀行貸款。這一來會直接衝擊到伊勢島飯店的資金調度。

「伊勢島的那幫人至少也應該知道，被分類為危險對象會很慘。」

半澤說：「他們也有自己的狀況。」

「狀況？」近藤湊向前問：「什麼狀況？」

「羽根專務和他底下管理伊勢島財務的那幫人，在前任社長的時代就心懷不滿。他們似乎暗中策劃要擺脫家族經營的形態。如果照現在這樣發展下去，被分類為危險對象，伊勢島飯店的經營就會瀕臨危機，這一來就有希望把湯淺社長趕走。對那些傢伙來說，這樣也不失為一件好事。」

渡真利說：「不惜傷害自己也要打倒對方嗎？喂，半澤，要不要乾脆加入他們？我也不太喜歡家族經營一直持續下去。」

半澤回答他：「羽根不適合成為經營者。那傢伙會為了得到貸款而隱瞞損失，根本不值得信任。這是比經營手腕更基本的問題。」

「在這樣的情況下，你還得阻止伊勢島飯店被分類為危險對象嗎？老實說——很困難。」

渡真利深深嘆了一口氣。

「如果我在你的位子上，大概會因為勞心過度住院。對了，雖然不知道能不能幫上忙，不過你要不要去見見白水銀行的人？」

「白水銀行的人？」

「之前我和學生時代的朋友喝酒，有個白水銀行審查部的男人也來了。他是伊勢島的承辦人員。」

半澤不禁抬起頭。

「去找他談，也許能問出些消息。」

「如果不會太麻煩，就拜託你了。」

「交給我吧。」

渡真利從公事包拿出記事本，開始尋找有空的日子。

7

田宮在位於白金（註5）的住家房間內，打電話到那個男人的手機。

「他說要把虛飾報表的事告訴銀行。真的很傷腦筋。你可以想想辦法嗎？」

電話另一端變得靜默。

「你承認虛飾報表了？」對方以有些驚訝的口吻問。

「嗯，是啊。」田宮苦澀地說。「因為被掌握證據，沒辦法……」

「證據？」

「藏起來的帳簿被他找到了。」

「怎麼會──」

電話另一端的人顯然屏住了氣息，可以聽見空心吉他的背景音樂。

「被發現的只有祕密帳簿嗎？」

「嗯。關於那件事，他好像還沒有發現。」

「他既然掌握了祕密帳簿，遲早會發現吧？」

「在那之前，我會偷偷把它掉包。」

5　東京都港區的地名。當地有高級住宅區。

透過聽筒傳來鬆了一口氣的聲音。

「拜託你了，田宮先生。那種東西要是流出到外面就糟了。」

「我知道。還有，關於本公司的案件，可以請你想想辦法嗎？」

電話另一端的人沉默片刻，似乎在思索。

「我之前就說過，我也是在組織裡工作，該遵守的規定還是要遵守。」

這回輪到田宮沉默不語。

「不過我會想辦法的。」

「麻煩你了。」

田宮放下聽筒，鬆了一口氣。

第三章　金融廳檢查對策

1

半澤被帶入的房間裡沒有開燈。

下午五點多的夕陽射入窗簾敞開的室內，產生令人目眩的陰影。

一名男子坐在背對這扇窗戶的巨大辦公桌後方，在逆光中直視進入室內的半澤。

「我是東京中央銀行的半澤。」

男人沒有回應，緩緩站起來，默默地請半澤坐在沙發上。端茶過來的祕書開了燈，半澤看到站在前方的是眼神嚴格銳利的瘦削男子。他就是伊勢島飯店的社長湯淺威本人。

「半澤次長，你對本公司有何看法？」

湯淺以低沉而穩重的聲音詢問。他的年齡和半澤只差兩歲，雖然還很年輕，不過或許是因為擔任社長的關係，舉止與口吻都很有威嚴。

「可以比喻為欠缺進攻手段的大象吧。」半澤回答。「要打破僵局，必須想出創新的點子。湯淺社長，你有這樣的點子嗎？」

湯淺閉著眼睛，有好一陣子沒有回應。他的問題雖然很唐突，但半澤的意見也毫不客氣。在這樣的場面，即使湯淺動怒也不意外，不過他仍舊默默思考。

「即使想出點子，恢復業績也要不少時間。銀行能夠支援嗎？」

「會支援的。希望您能夠相信我。」

半澤沒有絲毫猶豫。湯淺默默地盯著他的眼睛，似乎是在揣測半澤真正的想法。這個男人想必不會接受口頭上的奉承。能夠與他溝通的只有真心話。

半澤說「很抱歉順序顛倒了」，然後拿出名片。

湯淺接過名片，放在茶几上，不知為何默默地回到自己的辦公桌，從抽屜取出一張名片。

半澤以為這是湯淺本人的名片，正要伸出手，卻突然停下來。

沒想到這張名片竟然是半澤的，頭銜是總行第四營業部調查役。這是半澤在過去所屬部門使用的名片，大概有將近十年的歷史。

半澤驚訝地看著湯淺。湯淺說：

「是我私下拜託中野渡董事長，請你來擔任承辦人員。」

「您是在哪裡拿到這張——」

「我曾經在大東京飯店的企劃部工作過。這是當時拿到的名片。我以前見過你。」

半澤從名片抬起頭，目不轉睛地看著湯淺。大東京飯店是當時半澤負責的客戶之一。

「大東京飯店的企劃部，就是那時候的……」

「沒錯。」湯淺以沉重的口吻回答。「我從學校畢業之後，就在那家飯店修業。」

大東京飯店是比伊勢島飯店地位更尊榮的老字號飯店，不過因為太重視地位形象，苦於招攬不到客人而導致業績惡化。主要往來銀行的資金供給漸趨嚴格，甚至被傳言資金調度有困難。

不久之後，經營階層發生政變，創業家族被趕走，由元老級的員工組織新的經營團隊。然而……

「當時包括主要銀行在內，過去有往來的銀行都縮手旁觀，只有幾乎沒什麼往來的產業中央銀行積極支援，拯救陷入困境的飯店。當時的承辦人員為了通過貸款，在銀行內部到處疏通，甚至還參加我們的經營企劃會議陳述意見，協助飯店重建。我至今看過各式各樣的銀行員，但是在那之前或之後，都沒有看過像那樣的銀行員。那個銀行員就是你。這張名片是你當年在企劃會議給我的。」

「原來是這樣。」半澤聽湯淺這麼說，也覺得他有些面熟。

「真的很感謝你當時的支援。」湯淺對他鞠躬。

「大東京飯店是經營者有問題，不過新的經營團隊理解問題在哪裡、該如何解決，剩下的問題就是看如何具體營運。所以我才會支援你們。」半澤淡淡地說明。

「你看得到未來。」湯淺回答他。「我父親告訴過我，銀行是個只看過去的地方。事實上，當大東京飯店陷入困境的時候，我也深刻感受到這一點。只有你不一樣，能夠正確預知到經營團隊的革新會帶來什麼結果、看到大東京飯店的未來。所以即使其他銀行縮手，你仍舊勇敢果斷地支援我們。」

「非常感謝你的讚美，不過也沒什麼大不了的。頂多就是身為銀行人的嗅覺。」

「即使如此，我也不認為會有具備相同嗅覺的銀行員。」

「其實是有的。」半澤以認真的表情糾正他。「當時應該也有其他銀行員認為大東京飯店能夠重振旗鼓，但是他們卻不打算伸出援手。您知道為什麼嗎？因為萬一失敗，就會產生責任問題。他們害怕這一點。」

「可是你卻答應貸款。為什麼？」

「因為我相信你們能夠重振。或者應該說，我打算即使硬拚也要讓飯店重振。畢竟當時我還年輕。」

「原來如此。」

湯淺露出笑容。從他令人生畏的臉孔，很難想像他會有這種宛若頑童的笑容。

接著他忽然收起笑容，把攤開在巨大辦公桌上的資料拿過來給半澤看。

「我們過去太珍惜老字號高級飯店的招牌了。從這方面來看，或許差點就要步上大東京飯店的後塵。從四月開始，我和事業開發部共同擬定了新的方案。就是這個。你覺得怎麼樣？」

半澤看了這份資料，感到有些驚訝。

「空房率降低了。」

也就是說，顧客人數成長了

四月開始的空屋率是三月的一半以下，五月則幾乎都維持客滿的狀況。

「這個月也預期會有和五月相似的業績。光只是擴大目標顧客群，就有這麼大的差異——關鍵是亞洲。」

「亞洲？」

「尤其是中國大陸、香港和臺灣。以往飯店的主要客群設定為國內富裕階層和主要來自歐美的高端顧客，但是我們重新擬定戰略。現在的中國有許多遠比日本更有錢的大富豪。我們首先和總部位於上海的大型旅行社簽訂契約，顧客平均消費額雖然減少一些，但是可以確定幾乎能夠占滿空房。在此同時，為了在中國提升知名度，我們砸下了廣告費，並打算建立ＩＴ網路，開始在網路上提供直接訂房的系統和會員制服務，包括機場接送、與東京知名餐廳合作、國內觀光優惠等等。另外也計畫接受中國發行的信用卡結帳。」

「這項計畫可以說是從伊勢島飯店的傳統包袱解放吧。」半澤如此評論。

「正是如此。」

這同時也意味著與前任社長——現在退居會長職位的湯淺高堂——仗恃傳統與地位的生意方式決裂。

「我做了三年的社長。」湯淺靠在椅背，雙眼看著遠方。「這三年來一直都在苦鬥。我渴望打破父親打造的殼，也和父親留下的董事之間產生糾葛。在這當中，我一直思索自己的經營方式是什麼。給我啟示的，就是大東京飯店的經營危機。我在苦惱中想起當時修業的情況。我不想變成那樣。歸根究柢，飯店是服務顧客的生意。如果區別自己服務對象的高低，還能夠稱得上真正的服務嗎？當我這麼想，就得到這個點子。」

「這項計畫一定能夠成功。」半澤從放在面前的業績資料抬起頭。「ＩＴ相關系統什麼時候可以開發完成？」

「我打算讓它在年底完成並且啟用。我想要告訴你的就是這些。還有——」
湯淺說到這裡，端正姿勢鞠躬。「對於太晚報告投資損失一事，我也想要道歉。非常對不起。」
「請你們今後別再試圖靠投資股票賺錢了。」
「說來慚愧，我自己並沒有這種想法。」湯淺咬著嘴唇透露。
「也就是說，這是羽根專務的獨斷……？」
「我知道羽根在想什麼。他在批評本業經營不善的同時，或許想要藉由財務部的新事業獲取成功。和他持同樣意見的董事也不少。」
湯淺在公司內部的立場岌岌可危。
「我認為應該處分他才對。」
「我當然會處分他。不過在那之前，必須先整理公司內部。即使處分羽根一個人，也有可能會留下怨恨的種子。我打算在今年決算結束之後的股東大會上，提議解除羽根的職務。在那之前，我想要先鞏固業績。」
為了達成這個目的，關鍵在於實現湯淺的經營計畫。
「接下來也會需要營運資金。如果被金融廳分類為危險對象，資金調度就會變得很嚴峻了。」

「我不會讓那種事發生的。」半澤直視著對方說。「檢查方面我會想辦法。一定能夠找到解決方案。」

2

六月最後一個星期六，半澤在渡真利的安排之下，見到白水銀行審查部的板東洋史。

由於半澤和渡真利忙著準備檢查無法脫身，因此板東特地約在假日，並且比約定的晚上六點提前到場等候兩人。雖然是第一次見面，但這個男人卻給人某種親切感。

「很抱歉，難得的假日還請你出來。」

板東和他們同樣在巨型銀行的授信部門工作，而且年齡相仿，因此彼此很談得來。在泡沫時期進入當時有十三家的都市銀行工作、過了四十歲還在升遷階梯上的人並不多。就這點來看，板東也是仍留在跑道上的銀行員。

進入銀行之後，每個人都搭上了疾馳在隱形軌道上的雲霄飛車。

一開始行駛得很慢，接著逐漸加快速度，不久後越過急流之上，疾馳於斷崖絕壁。這是一場難關連連的長途旅行。

入行第四年左右，出現第一個彎道。在這裡被甩落的人，下次加薪時基本薪就會少其他人一截，並且在升上課長代理的比賽中也落後了。

從二十多歲，升遷與否的篩選就已經開始，過了四十歲，雲霄飛車上的人已經變得稀疏。這就是現實。

即使是空前大量錄取的泡沫時期入行組也不例外。相反地，正因為是大量錄取，因此篩選也更加嚴格。至今仍舊緊握雲霄飛車扶手的，只剩下不知幾分之一；而雲霄飛車的搭乘組與脫離組之間，則產生了難以填補的經濟與心理上的壕溝。

「事實上，今天請板東先生來，是有原因的。」渡真利在大家閒聊一陣之後切入正題。

桌上已經從啤酒切換為芋燒酒。喝酒後臉頰稍微染紅的板東說：「是伊勢島那件事吧？」

渡真利瞪大眼睛問：「你怎麼知道？」

板東笑了笑，用食指敲敲半澤的名片。

「東京中央銀行第二營業部，就是伊勢島飯店的新承辦部門。順帶一提，貴部門在伊勢島飯店的評價也很糟糕，不過沒有我們慘就是了。」

半澤忍不住笑出來。

「是誰說的？大概是羽根專務吧？」

「這點就請你自行想像。不過你們還算好的，像我幾乎都被當作仇敵了。」

白水銀行以投資失敗為由，沒有執行預定的貸款。雖然沒有導致嚴重後果，但伊勢島飯店的資金調度因此惡化，自不待言。

「話說回來，承辦單位為什麼從法人部轉移到營業總部？」板東提出銳利的問題。

半澤當然無法告訴他進行中的福斯特出資案，只回答：「大概是推給比較閒的部門吧。」

板東當然不會把這種話當真。「我記得東京中央銀行第二營業部主要是負責相同資本系列的企業，大概跟這點有關吧？」

他的直覺很敏銳。

「既然你的眼光這麼銳利，那麼我想請教一件事。說來慚愧，本行法人部並沒有看出那筆損失。為什麼你能看得出來？懇請賜教。」

板東沉默片刻，才做出回應。

「是內部有人檢舉。」

聽到這個回答，半澤和渡真利不禁面面相覷。

半澤問：「這個人是直接向白水銀行檢舉嗎？」

板東問他：「你覺得很奇怪嗎？」

渡真利說：「我們才是主要往來銀行，為什麼沒有告訴我們？還有，是怎麼檢舉的？」

「有人提供情報，說公司因為投資失敗，造成巨額損失。」

半澤問：「什麼時候的事？」

「大概是三個月前吧。」

半澤和渡真利對看一眼。

那是在東京中央銀行貸款兩百億日圓給伊勢島飯店之前。然而伊勢島飯店並沒有告知投資失敗的事實。

渡真利狠狠地說：「可惡！他們因為想要得到貸款，刻意隱瞞事實。話說回來，為什麼是跟次要往來銀行白水銀行檢舉？感覺不太合理吧？有什麼特別的理由嗎？」

「聽說是因為東京中央銀行不值得信任。」板東發出低沉的笑聲。

「真會說。沒想到本行被討厭成這樣。」渡真利有些惱怒。「你知道是誰檢舉的嗎？或者是跟你很熟的會計部員工？」

板東思索片刻，似乎在想該怎麼回答。

「找出檢舉者身分，對銀行沒有任何意義吧？」

「也許吧。」半澤說，「不過我想要知道檢舉內容，還有為什麼沒有告訴本行。我猜目前伊勢島飯店和本行的問題都凝聚在這裡。」

「這樣啊。」板東盯著玻璃杯緣好一陣子，然後抬起頭說：「伊勢島飯店有一家販售業子公司，叫作『伊勢島販賣公司』。你們可以去找那家公司的戶越先生。」

「戶越？他是子公司的員工嗎？」

「他是因為保管那筆投資資金而被外調的人。真相究竟如何，你們可以去詢問他本人。」

板東意有所指地朝著一臉狐疑的半澤點了點頭。

3

伊勢島販賣公司位在新宿站南口附近的住商混合大樓。

半澤與小野寺兩人在服務臺告知來意之後，被帶到會計課樓層的會客室。

約定時間是上午十點。

進入室內不久之後，有人敲門。出現的是一名氣色很差、看起來不太健康的男人。

「久等了。我是會計，敝姓森下。」

當他低著禿頭打招呼，又有人敲門，另一個男人走進來。

這個人是伊勢島飯店的原田。

「早安。真難得，兩位都到了。」原田帶著卑屈的笑容，繞過森下坐著的椅子背後，坐在半澤面前。「我也想要同席。」

「百忙之中還勞駕趕來，真是辛苦了。」半澤話中帶著些許譏諷。

「不不不，我才要感謝你們增加我的工作。」原田酸了回去，又說：「對了，前些日子沒辦法歸還貸款，真是抱歉。還有，趁我還沒忘記想先提醒你們，請別擅自和我們的相關企業接觸。應該先跟我們說一聲，才符合禮貌吧？」他的眼中流露出敵意。

「我知道。不過這次要談的，是不想被原田先生聽到的話題。」

對於跑來這種地方多管閒事的對手，半澤也不打算客氣。

「子公司的資料應該都交給你們了吧？」原田的聲音變得暴躁。

「我只是想要親眼看一下這家公司，並且確認一下主要子公司的經營內容，不過原田先生在場的話就不方便了。森下課長應該也會很難啟齒。」

「就算我不在場，森下要說的內容也一樣。對不對？」

森下被母公司的部長盯著，以氣若游絲的聲音回答「是的」。

半澤問了森下幾個問題，對他不痛不癢的回答敷衍地點頭，並等候達成真正目的的機會。

漫長的談話讓原田越來越不耐煩。一小時多之後，他終於插嘴：

「在這裡談也只是浪費時間而已。如果有需要，就請他們拿文件影本過來，讓你們帶回銀行研究吧？」

「好的。那麼最後還有一項要求，可以看看組織圖和員工名冊嗎？」

「為什麼需要那種東西？」原田露出警戒的態度。

「我們必須掌握組織概要。這次金融廳檢查，伊勢島面臨被分類為危險對象的危機，因此資訊越多越好。希望你們能夠協助。」

原田面帶疑慮，思索片刻之後，終於命令森下：「你去拿來吧。」

伊勢島販賣公司的員工大約有兩百人。名冊不是依照五十音順序、而是依部門排列，因此半澤花了一番工夫才找到目標人物。

不過這本名冊中，只有一個姓戶越的員工。

戶越茂則。

職位是總務課長。

原田說：「基於個人資料保護法，不能讓你們影印員工名冊。」

半澤回答「沒關係」，然後隨便敷衍幾句結束談話，回到銀行。小野寺立刻從連線終端機輸出戶越的客戶資料拿過來。

「他有幾個存款帳戶，不過還有餘額的只剩下活期存款，其餘都是零。定存好像是最近解約的。」

東京中央銀行不值得信任——

半澤腦中忽然閃過板東說的話。活期存款之所以還勉強保留下來，是因為公司指定在東京中央銀行開設薪資轉帳帳戶。

「他在哪一家分行存款？」

「新宿分行。」

半澤拿起桌上的電話，打給新宿分行。

4

窗口坐著一名中老年男子。像職人般剪齊的短髮開始斑白，上衣穿著藍色襯衫。這名男子看起來有點神經質。

「打擾了，請問是戶越先生嗎？」

半澤從與男人應對的女行員背後詢問。男人抬起質問的眼神看著半澤。半澤問：「可以請您撥點時間嗎？」

「我只是來把活期存款解約，為什麼要花那麼多時間？」

男人用沙啞的聲音說話。半澤從手中的名片夾拿出一張名片遞給他。

「我想請教有關伊勢島飯店的事。」

戶越忿忿地說：「別開玩笑！現在才來問我。」

「我是從白水銀行的板東先生那裡得知您的事。」

戶越混濁的眼睛凝視著虛空。這雙眼睛除了自暴自棄的焦躁感之外，沒有反映出任何東西。

關於戶越這個人，半澤只知道他曾經任職於伊勢島飯店的會計部。十五年前戶越開設活期存款帳戶的時候，聯絡單位寫的就是那裡。現在戶越來到銀行，是為了終止十五年以來的存款帳戶。

要結清帳戶，想必是有某種理由。

「我有些問題想要請教您，拜託。」

戶越「啐」了一聲，以打量的眼神看著半澤。半澤再度低頭說「拜託」。

「好吧。」

戶越站起來，小野寺立刻引導他進入會客室。

「請你有話快說。午休時間只到一點而已。」

戶越說完，等候半澤開口。

「我想要請教的是伊勢島飯店投資失敗的經過。」

沒有回應。戶越點燃香菸，從吐出的煙霧後方瞇起眼睛瞧著半澤。

「這個問題就像在傷口上抹鹽。」

「也許吧。不過我無論如何想要問這個問題。我現在是負責承辦伊勢島飯店的人員。」

戶越重新瞥了一眼半澤的名片。

「原來是第二營業部啊。這裡的承辦人員特地來問我問題？」

「為了得到重要情報，不論是哪裡我都會去。」半澤以銳利的眼神看著戶越。「可以請您把告訴白水銀行的消息也告訴我們嗎？」

戶越聳聳肩哼了一聲，緩緩吐了一口煙。他吸了一半左右，把菸蒂放入菸灰缸捻熄。

「過期的工作沒有意義。就這麼簡單。」

半澤驚訝地抬起頭。小野寺盯著戶越，啞口無言。

「也就是說，造成損失之後再大聲嚷嚷也沒意義。」

戶越點燃另一根菸，以摻雜著不信任與怒氣的眼神瞪著半澤。「我是在去年一月，被交代管理五百億日圓的投資資金。最初提案要靠投資賺錢的是羽根專務。他或許是想要在本業不振的時候，由財務部門來創下業績；或者也可能是被證券公司業務的花言巧語哄騙。總之，我被指派的工作，就是隨時向專務報告投資狀況。我先說好，我連一次都沒有下達買賣股票的指示。那種事不合我的本性。可是有一次出現幾十億日圓的損失，為了彌補這筆金額，羽根先生便指示進行信用交易，結果反而造成一百二十億日圓的損失。」

「可是為什麼是戶越先生承擔責任？」

戶越銳利的視線朝向半澤，但很快又移開。

「總得有人負起責任，而且我的確也沒去阻止投資。」

「即使實際動用資金的是羽根先生，還是要由您來負責？」

「這就是組織。我理解這樣的狀況還乖乖遵從，所以或許也有錯吧。」

相對於戶越承擔責任被外調，羽根和原田只有被減薪百分之二十而已。客觀來看，幾乎等於是讓戶越一個人承擔所有責任。

「對他們來說，我大概是個很礙眼的傢伙。我既沒有加入羽根的派系，又是個老派的會計人。你應該也知道，即使我提出建言，羽根也不會因此停止投資。我原本相信只有主力銀行可以阻止他——實在是太蠢了。」

戶越忿忿地說。這個男人雖然個性很衝，不過並不是壞人。小野寺銳利的視線朝向半澤。沒錯，戶越的意思是，他曾把投資失敗的事實告知東京中央銀行。那麼他投訴的對象，應該是當時負責承辦的京橋分行。

半澤問他：「你是什麼時候告訴本行的？」

「去年十二月，我告訴京橋分行一個叫古里的承辦人員。我不知道他後來怎麼處理。在那之後，我就被排除在投資事務之外。等到損失的事浮出檯面，我就被外調到子公司。」

沉重而緊繃的靜默籠罩著室內，擺在邊桌上的時鐘發出滴滴答答的聲音。秒針響了十幾次的期間，半澤一直注視著戶越那張有風骨的臉孔。

戶越可以說是受害者。

他是被伊勢島飯店這個組織──不，雖然不知有什麼理由，但也是被東京中央銀行背叛的受害者。

「在十二月的階段，損失少說也有一百億日圓。在那之後損失繼續擴大，結果伊勢島飯店只是把我撤離工作，沒有向銀行報告這件事。不僅如此，就連交給銀行的有價證券明細，也是投資前的資料。你知道他們為什麼要做到這種地步嗎？」

理由很清楚：為了向銀行貸款，不能出現虧損。

小野寺說：「那不就等於是詐欺嗎？實際上已經出現虧損了。這根本就是惡意欺瞞。」

或許如此。然而這項惡意欺瞞原本是能夠預防的。

半澤問：「是誰下令隱瞞的？」他想要知道是否整個組織都涉入在內。

「是羽根。社長大概是在我被撤離投資工作的時候知道的。在那之前，羽根一直積極想要超越社長。某方面來看，這件事可以說肇因於伊勢島飯店結構性的問題。」

戶越看穿了伊勢島飯店的本質。

「金融廳檢查當中，伊勢島飯店大概會成為焦點。」

半澤這麼說，戶越的表情就變得嚴峻。

「你對飯店未來有什麼看法？」

「湯淺社長新的經營方案正在獲得成果，但光是這樣無法填補巨額損失。即使業績開始提升還是不夠，必須要找到能夠填補投資損失的東西才行。」

「這樣啊。」

有風骨的會計人把臉轉開，迴避半澤的視線。「我已經不是伊勢島飯店的人了。這種事你最好去問羽根或原田。」

小野寺說：「我們已經問過他們兩人了。就是因為沒有好的點子，才會來問您。」

然而戶越堅定地凝視虛空，說：

「如果問他們兩個都沒有結果，我也不好多說什麼。」

戶越的談話到此結束。半澤與小野寺護送他到分行外，等到他的身影消失在人群當中，小野寺便忿忿不平地說：

「次長，京橋分行事先掌握到伊勢島飯店的損失，可是卻在移轉給法人部的時候隱瞞事實。太不像話了！」

「關於這件事，我們得好好問清楚才行。」半澤仍舊望著戶越離去的方向。「去問那個叫古里的承辦人員。」

5

「拜託，我們也很忙，可以不要太過分嗎？竟然又要來問話。有問題可以去問法人部的時枝先生吧？」

電話另一端的古里滔滔不絕地抱怨。

「關於伊勢島飯店投資失敗的案件，原委仍舊有些不清楚的地方。」

古里忿忿地說：「原委怎樣都沒關係吧？到這個地步還管那麼多做什麼？」

「就是有關係。方便的話，希望能夠直接見面跟你談。」

「半澤次長，請你搞清楚，你的前任不是我，是時枝調查役。為什麼要找我？」

「因為我認為你對伊勢島飯店最清楚。」半澤聽到對方憎惡地啐了一聲。「這是金融廳檢查時必須了解的事項，可以請你協助嗎？」

「什麼時候要來？」

「我現在就過去，三十分鐘後到。」

「哈？」

半澤不理會古里發出愚蠢的叫聲，放下聽筒，和小野寺一起走出總部大廈。

「拜託，不要太過分。」

在京橋分行的會客間，古里以一副不耐煩的表情瞪著半澤。然而半澤接下來的話讓他眼中頓時黯然無色：

「你認識伊勢島飯店的會計課長戶越先生嗎？」

「戶越？我認識他。那又怎樣？」古里警戒地窺伺半澤的態度。

「我剛剛去見過他了。」古里沒有回應。半澤又說：「因為我想要知道造成損失的理由。」

「我不知道你想說什麼。」古里裝糊塗。

「你知道吧？」半澤改變語氣，單刀直入地問。

「你這麼說就太失禮了。如果我知道，怎麼可能會默不吭聲？」

「戶越先生說，他曾經告訴過你。」

「我沒聽說！」古里滿面通紅，把臉撇到旁邊。「那個男人是因為被貶職，對伊勢島飯店心懷怨恨，才在那裡胡說八道吧？你去問羽根專務和原田部長！」

「喂，古里。」半澤以平靜的口吻對震怒的課長代理說，「你如果要說實話，就得趁現在。在這之後我就不會寬容。」

「哼，我不管你是總部的次長還是什麼，不過舊產業的別太囂張。是你們自己說京橋分行沒辦法應付伊勢島這麼大的公司，硬是搶走我們的客戶。既然這樣，與其在這裡亂指控，不如去研擬應付檢查的對策吧？這樣對你們才有幫助。」

古里說完之後，迅速起身離開。

6

「我知道情況了。不過這一來，可能會變得有點困難。」

貝瀨說完，仍舊以嚴肅的表情望著近藤提交的決算資料。他的面孔黝黑，五官端正。近藤事前從渡真利口中得知，貝瀨過去是在海外工作的銀行員，雖然坐上分行長的椅子，但實際上只是個「擺飾品」。

雖然說渡真利的壞話只能相信一半，不過貝瀨這個人太過洗練而毫無熱度，對近藤來說是個難以捉摸的銀行員。他覺得自己好像面對一個沒有血肉的機器人。

在貝瀨旁邊的是承辦人員古里。他以慣例的嚴峻表情拿著報告用紙。

這天上午十點，近藤和社長田宮一起造訪東京中央銀行京橋分行。接下來大約一小時，都在說明虛飾報表的經過與田宮電機的現況。

「到現在才說這些，未免太遲了吧？」古里不客氣地說。「近藤先生，你外調到田宮電機是什麼時候？發生這種造假行為，還大剌剌地來申請貸款，我實在無法理解你的神經到底有多大條。」

「到這個地步也無從辯解，我會謹慎接受批評。虛飾內容會在下次的報表中進行修正，恢復原本的狀態。今後我會努力避免這種事發生，因此關於這次事件，希望能夠寬容。」

貝瀨把正在閱讀的財務報表放在桌面，無言地靠在沙發上，眼尾擠出深深的皺紋，顯示出他的困擾。

不久之後，他說：「這件事必須向總部報告，請他們做出判斷。」

他並沒有說「我會想辦法」。也就是說，他在逃避。

「還有，重要的是今後。今後還會持續虧損嗎？」

「這是中期營業計畫書。」

近藤說完，將文件放在桌面。這是昨晚由部課長以上的幹部共同研擬、幾乎通宵完成的計畫書。他對內容相當有自信。

「本年度收支平衡，下年度開始會有盈餘——是嗎？」

貝瀨瀏覽之後的口吻似乎並不信任。營業計畫書從分行長傳到承辦人員古里。

古里立刻故意發出嘆息。

「憑據太薄弱了。每次都是這樣。近藤先生，我要先說清楚，這與其說是田宮社長的責任，不如說是你的責任。如果你能夠製作邏輯架構更清楚、任何人都能接受的計畫書，就沒有問題了。這份計畫書裡連展望都沒有。」

怎麼會有那種東西——近藤很想如此反駁，但還是忍住了。

「沒有行銷策略，也沒辦法證明銷售額和成本縮減會依照計畫達成，只有一廂情願的數字而已。話說回來，田宮社長如果宣示要達成這個數字，實現的可能性應該很高吧。」

古里的發言照例偏向田宮。

在一旁聽他們說話的貝瀨張開眼睛。「簡單地說，就是這樣吧——田宮電機這五年來為了隱瞞虧損，一直在虛飾財務報表。不過田宮先生會拚命努力，所以今後三年內業績會好轉，希望銀行別取消貸款。」

「希望分行長能夠多多幫忙。」

近藤鞠躬，但貝瀨避免正面回答。

「這不是我能決定的事情。總之，我會向總部呈報這個案件。管轄權責在融資部。我不知道他們會做出什麼決定，頂多只能拜託他們寬大處置。」

與京橋分行長的面談到最後仍舊沒有明確的結果。

這天近藤下班時，野田瞥了一眼他走出辦公室的背影，然後從座位站起來，到窗口俯視樓下。過了不久，野田看到近藤手臂上掛著外套，走出一樓大門。他等到近藤的身影從視野消失，便回到辦公桌，打開會計軟體。

他在螢幕上顯示需要的畫面，按下列印按鍵。印表機啟動，吐出他要求的資料。

他從辦公桌的最上層抽屜拿出全新的鑰匙。

製作這把鑰匙花了他一番苦工。近藤自行保管包含備用鑰匙在內的辦公桌鑰匙。這些銀行員的警戒心實在是太強了。不過近藤的行動也有百密一疏的地方。白天時，這把鑰匙一直放在辦公桌最上層的抽屜。

近藤和田宮上午一起去造訪銀行時，野田便從近藤的辦公桌拿出鑰匙，製作備份。

「可惡，害我這麼辛苦。死銀行員！」

野田獨自一人咒罵，打開近藤的辦公桌，從最下方的抽屜抽出祕密帳簿。過去由野田管理的這本帳簿在事發後被沒收，放在近藤的抽屜裡。

接下來的工作很簡單：拆下關鍵的頁數，換上剛剛列印的資料。準備雖然花時間，不過偷換的過程卻一下子就結束了。

他把帳簿放回原處，把拆下的資料拿到辦公室角落，丟入碎紙機裡。

聽到紙張被切碎的聲音，野田滿意地吐了一口氣，然後回到辦公桌打電話。

「社長，剛剛結束了。」

「辛苦了。」

雖然只是簡短的對話，但野田心中深深感受到，最後拯救公司的不是近藤，而是社長和自己。

野田把電腦關機，迅速處理完桌上的工作。當他走出公司時，距離近藤下班只有十五分鐘的時間。

「別太得意了。」

野田喃喃自語。六月沉重的濕氣瞬間包圍他。這位總務課長把領帶鬆開，快步走下地下鐵階梯進入車站。

7

「京橋分行向融資部報告田宮電機的事件了。」渡真利說。「這家公司太惡劣了，幾乎等於是詐欺。真想叫他們把之前的貸款全部還來。」

週末中午，半澤等三人聚在一起，地點是渡真利常去的新宿蕎麥麵店。說是蕎麥麵店，實際上是代替居酒屋。他們以天婦羅和山葵魚板作為下酒菜，從白天就開始喝。

「真抱歉造成你們的困擾。有什麼展望？」近藤以歉疚的表情問。

「較多數的意見認為，應該考量到他們接納我方的外調人員。不過另一方面，也有強硬派的主張。就我來說，要不是因為你外調到那家公司，我也想主張和那種惡劣的公司斷絕往來。最糟糕的就是京橋分行長傳來的負面意見，認為應該考慮取消貸款。」

「真的嗎？」

半澤想起貝瀨以菁英自居的冷靜表情，停下筷子。「那傢伙……」

渡真利說：「他就是那種人。你和時枝去拜訪的時候，他不是也酸言酸語嗎？有人主張說，既然第一線人員都認為應該取消貸款，那就乾脆取消好了。不過在一番討論之後，目前暫時還是決定繼續貸款。」

近藤鬆了一口氣。

半澤注意到渡真利似乎話中有話，便問：「有什麼問題嗎？」

「聽說有高層囑咐，希望能夠放他們一馬。」

「高層？」半澤看向近藤。「你拜託誰了嗎？」

「沒有。」近藤搖頭。「我沒有那麼好的關係。」

「總之就是政治性的灰色解決方式。雖然不太清楚狀況，不過田宮電機的問題可以說解決了。話說回來，新申請的三千萬日圓貸款要不要通過又是另一回事。那件貸款案等於是回到起點。不過先別管這個，問題是伊勢島飯店。」渡真利瞪了半澤一眼。「半澤，你被京橋分行將了一軍，就這樣默默地回來嗎？」

半澤說：「在那裡跟他們爭論，也不能解決問題。」

「那你打算怎麼辦？」渡真利的口吻變得暴躁。「他們不只無視前會計課長的通知，還隱瞞損失的事實。這件事如果是真的，就得切腹了。你去逼問那個叫古里的傢伙吧。」

「他才不會那麼簡單就說出實話。那傢伙簡直就是舊派系意識的象徵，自尊心又很高。只要能蒙混，他就會一直蒙混下去。我們沒有證據。」

「可惡。明明知道真相，卻沒辦法教訓他們，害得時枝只能忍氣吞聲。」

「我不會允許這種事。」半澤啜飲一口加冰塊的蕎麥燒酒。「如果沒有證據，就要去找出來。」

「你有什麼打算？」

「我不認為這是古里一個人做的。他雖然嘴巴說得很了不起，但終究只是個小人物。這起隱瞞損失的案件，應該還有我們不知道的內情。我要去調查出來。」

「哦，你打算追究到底嗎？」渡真利轉為期待的語氣。

「調查舞弊行為，也是承辦人員的職責。不管金融廳要不要來檢查都一樣。」

「沒錯，半澤。」渡真利強有力地回應。「你要去徹底追查到滿意為止。反正就算保持沉默，火也會燒到你這裡。要滅火就得趁現在了。」

8

或許因為時間還早，位於西新宿的這家店只有零星的客人。

夾著餐桌的四人座位與鄰座隔開，形成半包廂。在餐桌上方，附古典風格燈罩的燈泡綻放明亮的光芒。

一名男子坐在座位上，面對啤酒杯。他的短髮當中摻雜著白髮，銳利的眼神流露出不容許妥協的嚴格個性。

「您等的人到了。」

服務生走過來通知他。當另一個人影出現，男子仍舊一動也不動。

「戶越先生，好久不見。真抱歉，這麼晚才到。」

古里以親暱的口吻說完，毫不客氣地在男人面前坐下，然後對服務生說：「啊，我也要啤酒。」

服務生退下之後，古里就以一副很困擾的口吻說：「說真的，我現在很忙。銀行內部正在為金融廳檢查做準備。這種時候找我出來，我會很傷腦筋。」

「抱歉了。」戶越簡短地說完，問他：「聽說這次檢查中，伊勢島飯店會成為箭靶，是真的嗎？」

正在用服務生遞來的毛巾擦臉的古里停下來。他緩緩地折起毛巾放在餐桌上，臉上泛起有些狡猾的表情。

「你的消息真靈通。託您的福，的確沒錯。」

「什麼叫『託您的福』！」

戶越嚴厲地回應，但古里仍舊沒有改變表情。

「有什麼關係？戶越先生反正也已經從『主屋』外調到『別館』了。」

戶越的眼神變得銳利。古里似乎不以為意，稍稍舉起端來的啤酒杯說：「乾杯。」他咕嚕咕嚕地喝下三分之一左右的啤酒，用手背擦拭嘴上的泡沫，然後再次看著戶越，眼中帶有嘲諷的神色。

「新天地的環境怎麼樣？跟之前在伊勢島飯店刀光劍影的時候相比，應該輕鬆多了吧？」

「你是認真的嗎？」戶越忿忿地簡短回應，大口喝光啤酒。

「至少不用在羽根先生和原田先生底下工作了吧？」

戶越說：「那些傢伙爛到骨頭裡了。趕走囉嗦的下屬，公司也不會改善。」

「不過多虧他們，才能得到貸款，不是嗎？」

戶越提高聲量說：「借到錢就什麼都不用管了嗎？」

古里安撫他：「別生氣。話是這樣說，可是為了借錢也顧不了那麼多。歸根究柢，都是因為湯淺社長的經營戰略錯誤，才會落到這種地步。」

「你不清楚狀況才會這麼說。」

「是嗎？搞不清楚狀況的是誰？」古里泛起嘲諷的笑容。「多管閒事也不會有什麼好下場吧？」

「你是在諷刺我嗎？」

戶越憤然作色，古里便故意裝出驚訝的表情說：「當然不是了。我是指白水銀行。這還用問嗎？」

「伊勢島投資失敗的事，我應該也有告訴你。」

戶越銳利的視線射向古里。古里先前的笑容消失了。

他沒有回答。

「你為什麼沒有處理？是誰要你假裝不知道？是你，還是銀行？」

「是誰都不重要。」古里總算開口，用嘔氣的口吻回答。

「你向上司報告過吧？」

「那當然。」

「向誰報告？」

「向……分行的高層。」古里含糊其詞地回答。

「貝瀨先生知道嗎？」

「我有向他報告。」

「貝瀨分行長為什麼沒有採取任何行動？」

「那是因為……」古里不耐煩地抬頭看上方的電燈泡。「你在我忙得要死的時候找我出來，又要談這件事嗎？事情都已經結束了，現在翻舊帳有什麼用？」

「聽說承辦單位從京橋分行轉移到總部——就是你口中的舊產業。當時你們隱瞞了損失的事吧？」

古里高傲地說：「這種事跟你無關。」

「你明明知道損失的事，卻沒有報告。身為銀行員，這樣不太妙吧？」

「有什麼關係？反正到最後被發現了。而且伊勢島飯店也能得到貸款，不是很幸運嗎？如果繼續由京橋分行承辦，一定不可能貸款——」

古里說到這裡突然閉上嘴巴。

因為他聽到原本以為沒人的鄰座傳來咳嗽聲。

「最近有些銀行員還真大意。」突然故意說出來給人聽到的聲音，讓古里臉上失去血色。「也不確定旁邊有誰在，竟然敢大聲說出內部情報，神經未免也太大條了。」

古里瘦削的臉變得僵硬。

「明明知道損失的事，卻沒有報告。這樣不太妙吧，古里？」一名男子以揶揄的口吻說完，哈哈大笑。

「唉唷，真抱歉。」另一個人也唱和。「誰叫我腦袋空空！戶越先生特地告訴我伊勢島飯店虛飾報表的事，我卻沒有說出來！真是無可救藥的大笨蛋！」

「哈哈哈！」鄰座傳來爆笑聲。古里的臉頰開始顫抖。

牆壁鑲嵌的玻璃上，出現兩人的臉孔，窺探戶越與古里的餐桌。

「啊——！」

古里張大嘴巴。

他的表情宛若掉在水泥地板上粉碎的玻璃，狼狽而恐懼，雙眼彷彿凝結成冰。

從隔壁座位走出來的兩人緩緩進入戶越與古里的包廂。

近藤呼喚：「小姐，請給我們兩杯生啤酒。」

「好的！」遠方傳來回應。

古里開始顫抖。

半澤冷靜地盯著他的反應。

「古里先生，你竟然說出那種話。」

「不，剛剛那只是——」

「都已經到這個地步，就別再找愚蠢的藉口。太難看了。」

近藤以銳利的口吻說出這句話。他一屁股坐在古里旁邊，拿起服務生端來的啤酒說：「乾杯。」

回應的只有半澤和戶越。

「好了，可以請你說出來了嗎？」半澤切入話題。

「說出來？說、說什麼？」古里盡可能虛張聲勢。

「損失的事，為什麼沒有報告？」

「我不知道。我報告過了。」

「上次你不是說不知道嗎？」半澤這麼說，古里便支支吾吾地說不出話來。「那是謊言嗎？」

沒有回應。

「到底是怎樣？」

還很安靜的店內，清晰地迴盪著半澤壓低的聲音。

「真抱歉。」古里垂頭喪氣地說出這句話。「沒辦法。你如果站在我的立場，也不得不聽話吧？」

「是誰指示要隱瞞伊勢島飯店造假的事？」半澤問話的聲音雖然平靜，但含有確實的怒意。

「是、是分行長。」

「貝瀨嗎？」

古里扭曲了臉。

「我想大概是因為伊勢島飯店的請求。」

「騙人。」近藤從旁插嘴。「你們是想要讓法人部抽到鬼牌吧？」

「不是我。」古里辯解。「我直接報告了戶越先生向我檢舉的事實。真的。」

半澤問：「是貝瀨獨斷決定的嗎？」

古里思索片刻，然後回答：「不知道。」

半澤詢問在一旁默默聽他們對話的戶越：「貝瀨有沒有向你確認過伊勢島投資損失的事？」

「至少我沒有聽說。不過即使高層之間談過這件事，大概也不會讓我知道。」

古里問：「你、你們打算怎麼辦？」他已經不再虛張聲勢。當半澤瞪他，他便吐露出虛弱的真心話。「拜託，這件事就到此為止吧。我也有自己的立場。」

「誰管你的立場。」半澤這句話讓古里露出絕望的表情。「你雖然推給貝瀨，但是其實隱瞞戶越先生情報的是你，對不對？」

「不、不是！」古里連忙否定。他的眼神顯得很窘迫。

半澤說：「那就給我看證據吧。」

「證據？」

「就是你向上司報告過的證據。你該不會只有口頭報告吧？」

「那、那是……」古里變得支支吾吾。

「報告的文件在哪裡？」

法人部的時枝交接的資料中，當然沒有那樣的報告。

「大概是放在這次金檢之前疏散的資料裡面。」

「疏散資料在哪裡？」

古里的表情變得扭曲。

「在貝瀨分行長家裡。」

近藤仰起頭。

半澤毫不留情地說：「去拿來！」

「那是不可能的！」古里抬起驚愕的臉孔。

「不要囉嗦，去拿。」半澤怒瞪個性卑劣的課長代理。「隨便編個理由都可以。」

古里攢眉蹙鼻，咬住嘴脣。

「如果辦不到，我就報告是你隱瞞了重要情報。到時候你以為貝瀨會保護你嗎？那種報告一定會被他丟掉。在那之前，你得先去拿回來才行。除此之外，你在本銀行別無生存之道。」

「拿回報告，你就會保護我嗎？」

半澤以冷淡的眼神看著他說：「誰要保護你？拿回報告的話，處分頂多會減輕一點。」

「如果沒拿回來呢？」

「我會把你趕出銀行，而且還拿不到資遣費。我會讓你被懲戒解雇。」

古里因恐懼而瞪大眼睛。

「我、我知道了。」古里小聲承諾，沮喪地垂下肩膀。

半澤繼續對這位資深課長代理說：「還有，你為什麼不肯簽報田宮電機的營運資金貸款？」

古里以摻雜著困惑與焦慮的眼神，猶豫地瞥了近藤一眼。

「我沒有不肯……只是因為還沒有收齊必要資料……」

「快寫簽報書！」半澤銳利地打斷古里。古里驚愕地抬起頭。「現在就開始寫，明天早上提交給融資部。你沒有資格做授信判斷。如果繼續用無聊的理由拖延，我就會把你攻擊到體無完膚。」

「我、我知道了……」

古里臉上泛起恐懼的表情，眨也不眨地瞪大眼睛。

「我真是敗給你了。」戶越目送古里垂頭喪氣離去之後說。「不過我很中意你。」

半澤回他：「那真是多謝了。不過光是釐清銀行和伊勢島飯店之間的原委，並不能安全度過檢查。這兩件事是不同的問題。」

「問題是如何填補損失吧？」戶越說完，盯著牆壁上的一點。「但是就算我提出建議，你以為羽根和原田會接受嗎？」

半澤問：「你想到可用的資產了嗎？」

戶越思索片刻，然後說：「如果要找無關本業、可以賣掉填補投資損失的剩餘資產，的確是有。」

半澤突然感到疑惑，便問：「這是連羽根先生他們都不知道的資產嗎？」

「他們應該知道，只是可能有所顧忌。」

「顧忌？」

「因為跟前任社長有關。那裡可以說是伊勢島飯店的聖域。問題是，湯淺社長有辦法打破它嗎？」

戶越宛若自問般喃喃自語，然後以嚴肅的眼神陷入沉思。

9

當天半澤瞞著羽根和原田去拜訪伊勢島飯店。

「你是……」

湯淺一看到半澤身旁的戶越，便以視線要求說明。他相信戶越必須為投資失敗負責，因此表情很僵硬。

「我不知道羽根先生是怎麼跟您說明的，不過戶越先生是我們需要的人物。討論重建方案時，必須借重他的意見。」

「有沒有相關公司的名單？」

戶越一開口，半澤便拿出準備好的清單，上面記載著公司名稱與資產內容概略。

戶越默默注視著這張表，臉上的表情非常專注。他從吸了汗水變皺的西裝內側口袋取出原子筆，一家家打勾。清單上的公司總共有將近一百五十家。長年管理這些公司的戶越腦中，想必早已輸入了各家公司的業績與資產內容。

他的手在其中一家公司名稱上停下來，

湯淺實業股份有限公司——這是湯淺家的資產管理公司。戶越緩緩抬起頭。

「這裡應該有繪畫，另外也有土地。」

「繪畫跟土地？」半澤把視線轉向表情突然變得嚴峻的湯淺。「這是怎麼回事？」

湯淺以苦澀的表情說：「會長的興趣是繪畫。他曾經利用公司的錢，從世界各地購買繪畫收藏。繪畫等於是會長的生存意義。要賣掉這些畫，我也於心不忍。這等於是粉碎會長最後的夢想。」

「最後的夢想？」

「就是美術館。」湯淺說。「會長的夢想是要建立伊勢島美術館。為此他也準備了土地。就如你所知——」

戶越的表情沒有變化。

「這家公司是伊勢島飯店百分之百出資。有高更、梵谷、馬內、莫內、雷諾瓦——全都是印象派的名畫。如果賣掉這些畫、清算公司，就可以增加非常利益，應該可以填補一百億日圓左右的損失。」

「你說得還真簡單。」

他們原本以為湯淺會不高興，但沒想到他卻意外露出嘆服的笑容。

戶越說：「社長，這是好機會。業績如果一帆風順，當然是最好的情況，不過有些事是業績惡化的時候才能做的。要革除舊弊、展現湯淺社長的本色，就要趁現在了。」

湯淺交叉雙臂，沉默片刻。

「也許我自己在不知不覺中就刻意迴避了。」他喃喃地說。「我現在才發現這一點——半澤先生，我會去說服父親，進行賣畫的手續。這樣就行了吧？」

半澤問他：「這麼多繪畫，賣得掉嗎？」

湯淺篤定地說：「賣得掉。國內外美術館和收藏家爭相希望我們出售。只要我們決定要賣，在這個年度內賣掉完全不成問題。」

原本毫無頭緒的伊勢島飯店檢查對策，總算看見一道曙光。

10

古里以畏縮的表情站在三鷹站附近的豪宅門口。

替他開門的是貝瀨的妻子。貝瀨本人因為與客戶應酬而不在家。

古里受到半澤要求，迫不得已捏造理由來尋找文件，全身上下都在冒冷汗。

「疏散資料當中似乎混入了必要文件。很抱歉，可以到貴府去拿嗎？」

當他這麼說時，看到貝瀨接近輕蔑的眼神。他甚至以為貝瀨會罵他「你這個笨蛋」。貝瀨是個對下屬過失很嚴格的男人。如果這個過失會影響到他自己的評價，那就更不用說了。不過當時貝瀨只是露出不悅的神情，當場打電話回家，准許古里到他家去拿文件。

「辛苦了，請進。」

或許是因為長年旅居國外，貝瀨家中到處都是西式家具，和古里位於千葉的大廈住宅有天壤之別。聽說貝瀨原本家世就很好，住家在幽靜的住宅區中也算是格外引人注目的豪宅。令人憤怒的是，貝瀨的妻子也是一位美女。

貝瀨的妻子引導古里來到一樓後方的西式房間。這間房間似乎是貝瀨的書齋，裡面堆放了將近十個紙箱。寒酸的紙箱占據豪華房間的景象頗為詭異，不過由於箱子裡都是祕密文件，因此也不能隨便放在車庫。

「打擾了。」

古里說完，就從最靠近自己的紙箱開始打開。

那份報告一定放在其中一個紙箱，只是不知道在哪裡。轉眼間就過了三十分鐘。雖然開了冷氣，他的額頭上卻開始冒出大顆汗珠。

其間貝瀨的妻子替他端來冰麥茶。古里喝了之後繼續尋找。

過了大約一小時，在他打開一半左右的紙箱之後，找到一個寫著「伊勢島飯店」的資料夾。主要檔案已經移交給第二營業部，因此在這裡的只剩下沒有移交的資料。

「可惡，跑到哪去了。」

時間已經過了晚上九點。雖然還早，但是想到貝瀨回來之後會很麻煩，古里內心便焦躁不已。

古里一張張看著文件，大約三十分鐘之後，總算找到自己蓋章的報告。

「找到了……」

古里當場癱坐下來。空調吹出的冷氣發出細微的聲音。他此刻待在家世及一切都跟他迥異的貝瀨書齋，心中有股莫名的怒火油然而生。古里是窮上班族家庭長大的三兄弟當中的次子。他當然沒有雙親留下的遺產，靠三十年貸款好不容易入手的大廈在泡沫經濟崩壞後，也跌落到一半的價值。他開始感到淒慘，覺得自己的人生就像是貝瀨這種人的踏腳石。

「可惡！」

古里小聲咒罵一聲，把剛找到的資料收入公事包，然後將紙箱堆回原狀。

事情辦好了。古里向貝瀨的妻子道謝，迅速離開幽靜的住宅區。天空中沒有星星，梅雨時期陰沉的夜空籠罩大地。古里空著肚子，疲憊地走到車站，跳上剛好到站的中央線快速電車。車廂內冷氣很強。他挑了空位坐下來，後腦勺靠在窗玻璃上，總算鬆了一口氣。

總之，他已經完成了被要求的事情。把這份文件交給半澤之後，接下來就只能祈禱火不要燒到他身上。

話說回來，當這份文件被公開時，不知會引起多大的騷動。

古里試著去想像，卻又嘆了一口氣停止思考。光是用想的就讓他感到毛骨悚然。他曾聽人說過，那個叫半澤的男人不是省油的燈，而此刻他也親身體認到這一點。

然而論起在銀行內的地位和人脈，貝瀨應該也沒有輸給半澤。

不論如何，此刻古里能夠做的，就是屏息旁觀即將開始的攻防。

11

「伊勢島飯店發生投資損失事宜」

京橋分行　融資一部　古里則夫

本日下午，伊勢島飯店會計課長戶越先生來到分行，報告該公司會計部管理之有價證券投資基金發生巨額損失。

這筆基金係依據該公司羽根專務、原田部長等人指示，投資特定股票，金額達五百億日圓。由於該股票股價下跌，信用交易損失已超過一百億日圓，照此發展損失將持續擴大，有可能達到一百數十億日圓。

該投資資金雖經過湯淺社長同意，但擴大規模超出原本預期。在羽根專務出身單位的財務部門管理下，雖以變更投資股票等方式因應，然而信用交易已被要求追加保證金，且考量股市行情，本年度內幾乎不可能轉虧為盈。

財務部門為了挽回虧損，打算繼續投資，但戶越課長認為持續投資只會提高損失風險，以目前局勢來看，幾乎不可能收復失土。

該公司本年度必然會從原本預估的盈餘跌至虧損，屆時將連續兩年度虧損，在授信管理上處於極嚴峻的狀況。為了避免擴大損失，戶越課長委託本行對該公司投資方針提出建議。

該公司今後預計需要數百億日圓營運資金，但若預期將會虧損，自然難以提供貸款，則必將影響該公司資金調度。

關於本件，盼能夠盡速研議。

12

古里製作的這份簡易報告書上，有貝瀨手寫的「待日後指示因應方式」的回應，並蓋上已讀章。日期是去年十二月。

當時古里大概也沒有想到，竟然會被命令隱瞞。

「這下有趣了。要不要現在就殺去京橋分行？」

在第二營業部的會議區，渡真利以嘲弄的口吻這麼說。京橋分行的古里剛剛才以行內郵件把報告送來。近藤外調任職的田宮電機公司貸款案，也在他們見面的次日提交到融資部。這個案件因為有渡真利的疏通，因此立刻就獲得通過。

半澤重新仔細檢視報告內容，思索一陣子，然後小聲嘀咕「還是搞不懂」。

「貝瀨的確是個討厭鬼，可是這個案件太大，不可能憑他一個人壓下來。」

「你是說，這不是貝瀨一個人的判斷嗎？這樣一來，問題就是誰涉入其中。要找出那傢伙才行。半澤，你什麼時候要調查？該不會打算在準備金融廳檢查的這段期間進行吧？」渡真利問。

「如果這份報告被黑崎看到，光憑這個案件就會被提出業務改善命令了。」半澤也變得慎重。「這一來，金融廳檢查對策就會化為烏有。現在不能讓這件事曝光。」

「真是惱人。」渡真利「啐」了一聲。「不過半澤，這份報告總不能放進伊勢島飯店的信用檔案吧？放進去的話，就會被金檢官發現了。」

「我會把它疏散。」

渡真利對半澤的決定點頭同意。他的眼神在說，只有這個選項了。

「要質問京橋分行，必須等到檢查之後。不過在那之前，我覺得有必要向貝瀨打個招呼。」

「你越來越像平常的樣子了。」渡真利低聲笑著說。「我不管他是舊東京還是名門分行，竟然做出這種下流的事。半澤，你一定要徹底把他打倒。」

「當然了。」

半澤回應。他基本上相信人性本善，但人若犯他，必定加倍奉還——這就是半澤直樹的做法。

這時渡真利的表情突然變得認真起來。

「不過半澤，你挑選疏散地點的時候一定要小心。假如被黑崎找到，反而是你的銀行員生涯會宣告終止。那些傢伙不是笨蛋，當然也知道我們有疏散資料。這等於是雙刃劍。話說回來，你應該也不需要我來告訴你這些吧。」

渡真利拍拍半澤的肩膀，離開會議區。

13

貝瀨在前一天的應酬稍微喝得太多，忍著輕微的頭痛和胃部不適，像往常一樣在八點半上班。

他把外套掛在椅背，坐在分行長座位，看到桌墊上夾著傳話紙條。

打電話來的是第二營業部的半澤次長。時間是十分鐘前的八點二十分，要件欄是空白的，不知道打電話來的用意，只寫著「請回電」。

「喂，融資課長。」貝瀨朝著眼前的辦公桌呼喚。「半澤說什麼？」

「他沒有說明要件。」

「這樣啊。」

貝瀨毫不猶豫地把那張紙條揉成一團，丟入垃圾箱。

沒有說明用意就要求回電，未免太不懂禮貌了。他以為我是誰？

貝瀨心中這麼想，然後照平常的慣例，拿起放在未批閱箱的融資人員業務日誌閱讀。這時桌上的電話響了。

「我剛剛應該請貴分行的融資課長轉告過，希望你能夠回電給我。」

電話另一端傳來半澤冷靜的聲音。

「哦，是嗎？因為上面沒有寫要件，我就沒注意了。如果有急事的話，你應該說明清楚才行。分行跟總部不一樣，事情很多。」貝瀨以帶刺的口吻回應。

「那真抱歉了。不過我要談的內容不方便告訴接電話的融資課長。」

「別拐彎抹角了。反正又是伊勢島飯店的事吧？」

「你的觀察真敏銳。」

半澤揶揄的態度讓自尊心很高的貝瀨燃起怒火。

「半澤先生，我得先把話說在前面：你是從法人部承接伊勢島飯店的案子，不是我們。你好像也找古里談了很多。」這一點寫在古里的業務日誌當中。「又不是小孩子，不要一一來問本分行好嗎？我真懷疑你們的應對能力。」

「應對能力嗎？」

電話另一端這回傳來笑聲。

「有什麼好笑？你太沒禮貌了。」貝瀨面露怒色，讓辦公室裡的下屬都驚訝地回頭。「快點說出你的要件！」

「我想要確認某份報告書的內容。」

「報告書？」

「沒錯。標題是『伊勢島飯店發生投資損失事宜』。」

貝瀨一聽到這句話，胃部好似被扭轉般感到一陣緊張。

「當時伊勢島的課長向貴分行報告過投資損失的情況。貝瀨先生，上面還有你的印章和手寫的指示。你不是不知道投資損失的事嗎？」

貝瀨沉默不語。

該如何蒙混過去？腎上腺素在宿醉的腦袋中旋繞，但他卻想不出巧妙的藉口，只能說：

「我不知道你在說什麼。不要胡說八道。」

「那麼我把這份資料傳真過去，你應該就會想起來吧？看到之後如果想起來，就打電話給我吧。」

說到這裡，電話就被掛斷了。

貝瀨拿著失去說話對象的聽筒好一陣子，耳中聽到宛若全力衝完百米後的快速脈搏聲。

聽到電話對談的融資課長擔心地問：「分行長，怎麼了？你的臉色不太好，是不是半澤次長說了什麼？」

「沒事。」

這時貝瀨聽見辦公室邊緣的傳真機發出接收音。他連忙跑過去，一看到吐出的傳真紙，就感覺頭部的血液好像都流失了。

這正是那份文件——絕對不能被外界看到、明明已經封印的文件。

它為什麼會落在半澤手中？

「古、古里——」貝瀨以沙啞的聲音呼喚下屬的名字，然後先進入分行長室。

「這、這份文件——你保管在哪裡？現在在哪裡？」

古里進入室內，臉上血色全無。他沒有回答。

「你該不會交給半澤了吧？」貝瀨的聲音接近悲鳴。

「很抱歉，分行長。」這時古里深深垂下頭。「我別無選擇。」

「笨蛋！」

貝瀨以超乎常軌的聲音怒吼，但在此同時，他自己也明白。

一切都太遲了。

第四章　金融廳的討厭鬼

1

七月第一週的那一天，金融廳的金檢官黑崎駿一渾身散發可厭的菁英氣息，以鄙視的眼光注視著集合的銀行員。從他的外表就可以看出良好的家世，但在此同時，也看得出他的個性有些扭曲之處。

「金融廳檢查從今天開始。」

黑崎以正經八百、卻帶些莫名喜悅的眼神，瀏覽圍繞會議桌的一張張臉孔。

這個男人的氣質很奇特。半澤一開始想像的是憑恃權力的傲慢官員——譬如像國稅局調查員那樣，穿著黑色西裝、像杜賓犬的一群男人。

然而黑崎和那些人卻完全不同。

他穿著淺色西裝面對銀行員，看起來有點像擺飾，一張娃娃臉就好像不懂世事的少爺直接變成大人。

黑崎一大早來到東京中央銀行，下達相當罕見的命令：「召集授信部門所有主管。」

會議從上午九點半開始，有兩人遲到。黑崎當著所有人的面前痛罵遲到者，但是——

「你們到底是怎麼搞的啊！人家不是叫你們九點半集合嗎？」

他使用的是男大姐的口吻。

挨罵的是半澤也認識的融資部次長。這名次長劈頭遭到這樣的「口頭攻擊」，也只能感到愕然。

「很抱歉，因為在出門時發生了一點狀況……」

「我不想聽！」

黑崎打斷次長的辯解。黑崎是個三十出頭的毛頭小子，雖然是主管官署金融廳的金檢官，但以他的年紀來說，在銀行只相當於調查役等級，竟然叱罵在東京中央銀行以優秀著稱的次長，使得氣氛一開始就很詭譎。

意想不到的發展讓會議桌周圍的人都很訝異，紛紛望向在場的業務統括部木村直高部長代理。他就是半澤在大阪西分行當融資課長時徹底打敗的對象。業務統括部是統理行內金檢對策的中樞，而木村也被指派為中心角色。

然而木村卻發揮對強者卑躬屈膝、對弱者卻仗勢凌人的小人物本性，不僅沒有居間斡旋，反而還搞不清狀況地說：「喂，好好向黑崎長官道歉！」讓所有人都感到失望。

「對不起。」

聽到次長道歉，黑崎發出冷笑。

「既然要道歉，一開始就別遲到嘛！東京中央銀行的管理到底是怎麼搞的？」

這個男人實在很噁心。

「真的很抱歉，黑崎先生。」木村用手帕拍拍額頭，像叩頭蟲般不斷鞠躬。

對於銀行來說，監督官署的金融廳的確是最需要顧忌的對象，但是木村的態度再怎麼說也太卑微了。

半澤在會議桌一角旁觀這段對話過程，然後和剛好在他正對面的渡真利互看一眼。

就各種層面來說，黑崎駿一的第一次登場給人無比強烈的印象。

金融廳的討厭鬼、銀行業界厭惡的對象，終於闖入了東京中央銀行。

黑崎一大早召集所有次長階級的理由之一，當然是為了要給一個下馬威，不過半澤想到，除此之外會不會還有隱藏的理由。

這天早上他們就得到情報，金融廳的分行稽核小組已經到達東京都內三家分行、札幌、仙台、名古屋、大阪、高松、福岡等共九家分行進行檢查。

哪一家分行會接受檢查，要到檢查當天才會知道，不過檢查對象的分行已經接到指示，在業務統括部的檢查對策小組到達之前，應避免擅自行動。也就是說，檢查對策獨立於分行之外的分工體制已然確立。然而這個體制卻因為臨時召開的這場會議而失去功能。

木村及業務統括部的所有次長之所以臉色蒼白，是因為他們必須盡快前往分行，卻出乎意料地被拘禁在這裡。

現在金融廳的金檢官應該已經進入分行，以分行長及左支右絀的銀行員為對象，恣意妄為地展開調查。

他們會命令行員打開抽屜，調查電腦中的文件，評鑑營業窗口的資金餘額及行員態度，從原本被下達封口令的年輕行員引導出破綻連連的發言。

如果黑崎的下馬威連這些狀況都預期到了，那麼他不是單純的男大姐。

平日傲慢自大的木村此刻因焦慮而眼神游移不定。他的視線有一瞬間掃過半澤，不過似乎完全沒有餘裕表現出不悅的神色。

「黑崎應該改稱黑娘娘才對。」在黑崎一小時左右的獨角戲結束後，眾人總算從會議室被釋放出來，渡真利便以驚嘆的表情這麼說。「這就是所謂的『百聞不如一見』。看來這次的檢查會很有趣。」

次日下午，半澤身為伊勢島飯店的承辦人員，被金融廳叫去問話。

坐在桌子對面的金檢官有三人。首席的黑崎坐在最邊邊，靠在椅背上，傲慢地翹著二郎腿。另外兩人擺出警察偵訊般的表情，迎接半澤和小野寺。木村以緊張的神情跟在後面。

或許因為是伊勢島飯店的承辦人員被傳喚，檢查對策大本營的業務統括部特別派木村部長代理同席。

這次金融廳檢查只有黑白兩種結果。從黑崎的態度就知道，雙方之間不會有互探臉色、尋求妥協的灰色解決方式。

「你就是負責伊勢島飯店的次長嗎？」黑崎對照業務統括部準備的名冊與半澤後說：「這次檢查最重要的課題，就是伊勢島飯店的資產調查。你要有心理準備。」

黑崎說到這裡，又補充：「視這家公司的評定結果，有可能造成貴行業績大幅跌落，所以針對本案件，我們會慎重而徹底地進行檢討。知道了嗎？」

「那麼我就來說明這家公司的授信內容。」當黑崎打開伊勢島飯店厚重的資料，半澤便說。「過去的業績方面，請參考附帶資料。該公司最近的業績持續低迷，上年度終於跌落到二十年以來的赤字。造成業績不振的最大理由很簡單，就是飯店住宿客人減少。其主因是顧客群年輕化，造成伊勢島的品牌力降低。」

半澤的語調相當流暢。「針對這一點，伊勢島飯店調整目標顧客群，從國內高所得層擴大到國外、特別是亞洲旅客，藉此開拓新的市場。根據本年度四月以後的試算表，原本偏高的空房率已經成功下降。也因此，本業方面上半年度有盈餘，就全年度來看，也已經確立轉虧為盈的營業基礎。本年度不幸因為投資損失，造成一百二十億日圓的損失，不過這點可以藉由賣掉資產得到的非常利益來填補，最終損益幾乎可以確定會轉虧為盈。本年度以降的獲利預估金額就如附帶資料所示，足以作為本行收回貸款的資本。也因此，我們評定伊勢島飯店為正常債權。」

黑崎仍緊盯著數字，然後指摘：

「是嗎？因為上半年度有盈餘，就說整年度都會有盈餘，這樣的預估方式未免太過樂觀了吧？」

半澤反駁：「伊勢島飯店和中國最大的旅行社『上海中國旅行公司』簽訂了三年合約。即使稍微犧牲純益率，也能看出這不是『加法』而是『乘法』。全年度轉虧為盈是必然的結果。」

「我告訴你一件事。」黑崎將上半身緩緩離開椅背。「我認為利益或損失都沒有特例。盈餘就是盈餘，虧損就是虧損。會列入非常損失的公司，就會經常性地列入，這一來就不能算作『非常』。不論理由是什麼，最好預期這樣的損失每年都會發生。關於這一點，你有什麼意見？」

「雖然也要看情況，不過這樣的想法也不無道理。」半澤如此回答，但無法猜透黑崎的用意。

「你有什麼根據可以認定，伊勢島跟上海中國旅行公司簽約之後，今後也會持續確保盈餘？還有，今後幾年內的利潤計畫當中，應該也包含IT投資貢獻的部分吧？可是你怎麼能保證這項預測正確？」

「目前還沒有其他國內飯店和上海中國旅行公司簽約。因為沒有可供參考的案例，因此預期營業額只能從這幾個月的反應來類推，不過這裡記載的數字是經過相當嚴格的評定。」

「這數字還是有可能下滑吧？」黑崎依舊表示懷疑的態度。「而且也可能發生沒有預期的損失或意外。對方會不會依約付費，也沒有任何保證。基本上，這家公司會想要藉由股票投資來賺錢，就表示有投機賭博的心態。看這次投資損失的因應方式，也很難相信公司內部的管理正常運作。像這種公司的營業計畫，應該折半再打八折來看，不是嗎？」

他的指摘相當精確。不過硬要挑剔的話，任何營業計畫書都能挑出毛病。

半澤回應：「如果採取批判性的看法，這世上每一家公司的營業計畫書都不可信了。難道這就是正確的評價嗎？」

「那麼你口中的正確評價，就是要完全相信這種不可能實現的營業計畫嗎？」黑崎的視線變得有些銳利。

「請問你說不可能的根據在哪裡？單方面的批評誰都會。沒有理由的批評幾乎等於是中傷。」

「你說這是沒有理由的批評……」黑崎把手指貼在下巴，說：「那我問你，IT技術的外包公司是哪一家？」

這是不曾預期的問題。

小野寺在半澤旁邊開始翻閱手邊的資料。他打開記載相關資料的一頁，遞給半澤。

「是一家名為『納爾森』的系統開發公司，總公司位在品川區五反田。」

「伊勢島飯店對這家公司的投資金額已經超過一百億日圓了吧？關於這一點，你們是怎麼管理的？有沒有調查過這家名叫納爾森的公司？」

半澤開始警戒。他和黑崎的對話似乎正要被轉向意想不到的方向。

「如果是指信用調查，當然是有做的。這份資料當中也有附帶相關調查結果。」

這時黑崎提出意外的指摘。

「納爾森會破產。」

聽到這句話的瞬間，半澤花了好一會工夫，才理解話中的意義。

「請問這是怎麼回事？」半澤詢問。

「納爾森的營業額是四百億日圓，本年度預期稅前淨損為八十億日圓。你沒有調查到這一點吧？」

當黑崎說出這個數字時，半澤不禁抬起視線。信用調查表上只有簡單記載去年度為止的業績發展。

黑崎此刻提到的是半澤完全沒有設想的事實。

「造成損失的理由，是因為大宗客戶西方建設的應收帳款會被倒債。伊勢島飯店這三年來，已經對納爾森投入一百億日圓的開發資金，列入資產當中，可是納爾森已經實質破產。你應該知道這意味著什麼吧？聽說納爾森即將申請破產，已經由顧問律師事務所進行研議。」黑崎探出上半身，以勝利的眼神看著半澤。「半澤先生，要是納爾森破產了，這筆開發資金會怎麼樣？IT基礎系統開發遭遇挫折，難道你以為一切還會依照計畫進行嗎？投資損失，再加上IT計畫失敗——伊勢島應該沒有剩餘的資產可以彌補這兩筆巨額損失吧？」

小野寺面色蒼白地詢問：「納爾森公司不是考慮重整，而是要申請破產嗎？」

「沒錯。破產，不是重整。」

半澤咬住嘴唇，主任金檢官則喜孜孜地說：「好了，我們再重新來看這份經營計畫吧？」

檢查即將往不利的方向進行。再這樣下去，遲早會被逼到敗北。

「你說本年度會出現盈餘？有多少？五十億日圓？呵，你有計算到納爾森公司破產嗎？你別跟我說這是非常損失所以無關。ＩＴ投資損失，也會擴大和競爭飯店之間的落差。和上海中國旅行公司的合作關係，也沒有保證能夠按照計畫進行。將來業績恢復的劇本，到這個地步只能說『太天真』了。現在已經沒有任何根據可以主張它是正常債權。半澤先生，你怎麼說？」

黑崎高亢的聲音響徹室內。

「有任何根據嗎？」半澤以平靜的聲音詢問。他的雙眼盯著用手捂住嘴巴憋笑的金檢官。

「你說什麼？」

「可以請你提出根據嗎？」半澤詢問。「你說納爾森公司會破產的理由是什麼？

我要問的是，有任何證據能夠證明剛剛披露的資訊正確嗎？」

「喂，半澤先生。」黑崎惱怒地說。「問話的是我，你沒有提問的權利。你自己情報不足，竟然指責金融廳的情報是虛構的，真是太誇張了。你如果覺得這是謊言，就去調查看看。不過即使你現在才開始調查，伊勢島飯店的情況也不會有任何改善。」

「好吧。」半澤回答。「我們會去確認納爾森公司的業績。之後我會針對剛剛的指摘提出可以接受的答覆。這樣就沒問題了吧？」

「哦？我以為你要豎白旗了，沒想到你還打算抵抗。不用扔毛巾（註6）也沒關係嗎？」最後一句話是對心驚膽戰觀望局勢的木村說的。「最好還是放棄吧？伊勢島飯店終究會被分類為危險對象。既然如此，接下來的檢查期間，還是去擬定善後對策比較妥當。聰明人應該會這麼做才對。」

「啊，是的，那個……」

「我會聽取你的忠告。」半澤打斷支支吾吾的木村，代他回答。「不過有一點我也必須告訴你。身為金融廳金檢官，不應該無憑無據地說出一家私人企業的負面情報。」

6　取自拳擊比賽的比喻，當一旁的教練扔毛巾入場，就代表選手無力繼續比下去。

「這種話，等你去確認納爾森的業績之後再說吧。」黑崎齜牙咧嘴，發出嘲弄的笑聲。「還有，你最好也稍微檢討一下自己的態度。」

「喂，半澤。」結束和金融廳的會議走出會議室時，木村怒氣沖沖地說：「你到底在搞什麼？竟然被金檢官提出那種指摘！伊勢島飯店差一點就要被分類為危險對象了！」

「問題不在這裡。」半澤回頭，以冷淡的眼神看著木村。「這點我會立刻去確認。還有——如果只會毫無根據地道歉，就不需要檢查對策小組，乾脆立刻解散算了。」

「什麼？你這傢伙——」

然而半澤與小野寺已經走入電梯，木村的怒言被電梯門遮蔽，只剩下難以理解的沉默。

小野寺以無法釋懷的表情交叉雙臂。

「怎麼辦，次長？」

「我們去伊勢島飯店吧。」

十分鐘後，半澤便與小野寺在銀行前攔下計程車。

2

「納爾森公司會破產？」湯淺驚愕地問。

「您聽聞過這家公司的業績狀況嗎？」

「怎麼會……」

湯淺拿起社長室的電話找來羽根。羽根帶著原田進入室內。

「聽說有情報顯示納爾森公司會破產。羽根先生，你知道嗎？」

「納爾森？」羽根皺起眉頭。「這麼說起來，我記得財務部門有個員工外調到那家公司，聽說業績不是很好，可是沒想到會破產……這是哪裡來的情報？」

「聽說是來自金融廳。」

「金融廳？」羽根露出詫異的表情，和原田面面相覷。「金融廳為什麼會……」

「也許是納爾森公司的往來銀行透漏的情報。」

「他們的主要銀行應該是白水銀行。」

如果情報來源是白水銀行，那麼應該很確定了。

湯淺改變臉色問：「你聽說過他們業績有問題，為什麼沒有報告？」

「像他們那種電腦系統開發公司，業績通常都不會太好。而且我也沒想到狀況會糟糕到要破產。」

「如果他們破產，對本公司的財務狀況會有什麼影響？」

羽根回答：「之前的投資金額都列入資產，因此會全額轉列損失。大約是一百億日圓。」

「金額也是問題，不過……真糟糕……」

湯淺垂頭喪氣地說。看到他沮喪的側臉，半澤無法立即想到適當的話語。

小野寺問：「有沒有什麼可以填補損失的東西？」

湯淺說：「我會去想想看，不過應該很難吧。」

此刻在湯淺腦中，伊勢島飯店的未來展望想必大幅動搖。

「你們先出去吧。」

湯淺發出沉重至極的嘆息，命令羽根和原田退下。室內只剩下湯淺、半澤與小野寺三人。

「該怎麼辦……」湯淺喃喃自問，深深嘆一口氣。

半澤說：「首先應該去調查納爾森的狀況，接著再思考對策。一定可以找到解決的線索。」

「希望如此……」

湯淺苦惱地抬起視線。

3

「半澤次長，請到大和田常務的辦公室。」

次日上午九點多，木村部長代理打電話來。

半澤在祕書引導下進入室內。首先映入眼簾的，就是大和田擺出的一張臭臉。

大和田身穿深藍色西裝，結實的體格據說是在大學相撲社鍛鍊的。他以銳利的眼神注視半澤，彷彿是站在相撲場上注視對手。

坐在大和田旁邊的是業務統括部長岸川慎吾。他散發著長年住在海外的男人常見的自以為是氣質，翹著二郎腿，宛若外資銀行員般穿戴花俏的襯衫領帶，符合愛好打扮的傳言。除非視力特別糟，否則從大老遠就能認出他來。

一旁的木村不懷好意地說：「我已經報告過昨天檢查時的對話了。」

沒有人叫半澤坐下，因此他仍舊站在原地。

岸川說：「聽說你對伊勢島飯店的評定，被金檢官指出有不完善的地方。這是怎麼回事？」

「關於這件事，我們正在調查中。」

「現在調查有什麼用？金融廳早就知道了吧？」岸川駁斥。「不論有什麼理由，你沒有掌握到事實這件事，是不容正當化的。對於你在檢查時的應對，昨天金融廳方面也破例提出指摘，要求你改善檢查態度。」

與其說是金融廳提出，不如說是黑崎本人提出的指摘。

「真是窩囊！」這時坐在岸川對面的大和田怒吼。

他的頭又圓又大，頭髮稀疏，頭皮因興奮而染紅。大和田是舊東京陣營地位最高的男人，外表顯得精力充沛，並以容易激動著稱。

「你的情報量竟然比金融廳的金檢官還少！半澤次長，你太大意了。」

「常務，這不是情報量太少被指摘這麼簡單的問題。」

聽到半澤反駁，大和田瞪大眼睛。岸川的眼神變得銳利，表情中出現怒氣。

「你這個人――」岸川的聲音變得更加尖銳。「不僅不承認自己的過失，還用這種說話方式？」

「如果有過失，我當然會道歉，不過這是和伊勢島飯店的經營體質密切相關的問題。而且我的責任可以事後一併來算，請不用擔心。」

「你怎麼可以說這種話！」岸川扭曲嘴脣。「檢查不是這樣應付的。如果平常能夠遵守規則，不論對方流出什麼樣的情報，應該都不成問題才對。」

這只是漂亮話而已。岸川又繼續說：

「銀行必須隨時保持正確。上次沒有發覺到投資失敗已經很丟臉了。都是因為平常太隨便，這種時候才會出現破綻，可是你卻老是把責任推給別人，根本沒資格當次長。」

「關於投資損失一事，我會在日後詳細報告。」半澤盯著對方的眼睛說。「不過這次的金檢官似乎比較特殊。以正常方式應對，不可能撐過去的。」

「你的問題就是在這種地方吧？老是想歸咎別人！」岸川擺出不敢置信的表情。

「我不管你怎麼想，可是你該不會自作主張斷定這次情況特別，到最後被檢舉妨礙檢查吧？」

岸川擔心的是疏散資料被發現的事。

「平常該做的事我都做了。」

半澤暗示疏散資料存在。岸川聽了勃然大怒，臉色發白。

「我不知道你在搞什麼鬼，可是你之所以要藏匿資料，不就代表授信態度有問題嗎？」

半澤說：「很抱歉，關於這次成為焦點的伊勢島飯店，如果說授信方面有任何問題，那麼問題不在於我或是法人部。不能被金融廳看到的文件，幾乎都是京橋分行製作的。」

「你想說什麼？不要胡說八道！」大和田口沫四濺地怒叱。

大和田直到四年前為止，在京橋分行擔任三年的分行長。他因為讓京橋分行業績迅速成長而受到器重，迅速爬上升遷階梯。對於舊東京來說，京橋分行是通往董事座位的跳板。

「我並沒有胡說八道。就算把疏散資料全部拿出來，我也不在乎。但是這一來，會有麻煩的是京橋分行的相關人員。兩位應該都擔任過京橋分行的分行長，難道不在乎嗎？」

大和田說：「你這番話，我可不能假裝沒聽見。給我說明清楚。」

「京橋分行得到內部情報，在去年十二月就掌握到伊勢島飯店投資失敗的事實。」現場的空氣宛若瞬間冰凍般僵住了。「然而他們沒有採取因應措施，在交接給法人部的時候，隱瞞了損失發生的事實。下達指示的是貝瀨分行長，可是很難想像貝瀨分行長會憑獨斷做這種事。」

「你想說什麼？」

岸川發出沙啞的聲音。悉心打扮過的外表似乎也變得黯淡。

「伊勢島飯店是和京橋分行往來密切的客戶。我打算徹底調查貝瀨是受到誰的指示。」

大和田問：「你有證據嗎？」

「關於貝瀨分行長沒有處理損失一事，我已經掌握了證據。」

大和田凝視半澤，但沒有問他是什麼樣的證據。半澤腦中靈光一閃，原本曖昧不明的關係圖逐漸變得明朗。接任大和田分行長職位的是業務統括部長岸川。貝瀨接任岸川的位子，如果沒有問題，很有可能會獲得升遷，到總部擔任部長職。

也就是說，對這兩人而言，伊勢島飯店曾經是關係密切的重要客戶。

「涉入其中的人物遲早會水落石出。不過在金融廳檢查期間，隱匿情報的事實不能被發現。」

「你現在該面對的是金融廳吧？」岸川冷冷地說。「別搞錯優先順序。現在負責伊勢島飯店的承辦人員是你。」

半澤關上門時，聽到大和田憤慨不已的聲音：

「那傢伙是怎麼搞的？」

接著照例聽到木村辯解般的道歉，不過半澤已經不想去管他們了。

4

「金融廳的情報沒錯。納爾森公司內部的確有這樣的動向。」

戶越這麼說。半澤在接近他工作場所的新宿居酒屋與他見面。

「很抱歉，百忙之中還勞駕你來到這裡。」

「這是我們公司也有出資的對象，我反而應該謝謝你告訴我們。」

戶越說完，又告訴半澤他今天特地前往納爾森總公司得到的情報：「納爾森受到西方建設公司委託開發系統，但這家公司目前似乎處於實質債務不履行狀態。納爾森無法收回七十億日圓的應收帳款，導致資金調度困難。經營層和銀行方面正在祕密討論因應對策，不過確實有傳聞說，要往破產的方向做調整。」

「傳聞？」半澤反問。

「嗯。我是聽會計部裡的熟人說的，不過對方也不知道詳細情況。關於不良債權的處理方式、以及進行程度等等，很遺憾並不是很清楚。」

這麼說，外界的人要掌握正確的內容，只能透過銀行的管道。

黑崎可以透過金融廳檢查接觸到企業內部情報。憑他的立場，要得到這類機密情報也並非不可能。

「的確有可能。」戶越說。「還有，納爾森內部有伊勢島飯店的外調人員擔任董事，所以羽根想必也從外調人員得到破產相關情報。話說回來，外調人員的情報在精確度方面會稍微差一點。納爾森是家族企業，經營階層從社長到常務董事都是家族成員，除此之外就只有從白水銀行外調的會計方面的董事。外來的董事都被排除在決策圈外。」

「可是既然有破產的傳聞，羽根為什麼沒有作聲？」

半澤提出疑問，戶越也側頭表示不解。

「或許是因為這是不確定的情報，或者有其他原因……我也不太清楚。」

「還有，我實在無法理解：為什麼不申請重整，而要選擇以破產為主軸來考慮？一般來說，像納爾森這種規模的公司，應該會優先考慮重整才對。他們寧願收掉公司而不願繼續經營，有什麼特殊的理由嗎？」

「老實說，我原本也對這點感到疑惑，不過今天打聽之後才得知原因。這件事你別說出去。」戶越壓低聲音。「納爾森公司和黑社會組織有來往。對象是關東真誠會的掩護企業。據說社長有個弟弟年輕時就離家，幹了很多壞事。公司每年以諮詢費的名義流出幾億日圓的資金，已經超過十年。」

「白水銀行知道這件事嗎？」

「白水銀行裡負責西方建設公司的行員調查出來，暗地裡向納爾森公司會計方面的董事確認過了。」

「白水銀行就算想繼續貸款也沒辦法。」

如果貸款給提供黑社會資金的企業，銀行方面就會被追究法令遵循的問題。

「羽根先生知道這件事嗎？」

「他恐怕不知道吧。事實上，知道的人很少。不過既然情報來源是白水銀行，那位金檢官會知道也不足為奇。」戶越以嚴肅的表情交叉雙臂。「不論如何，這樣下去納爾森公司無可避免會破產，造成伊勢島公司幾百億日圓的損失。」

「戶越先生，這筆損失有辦法填補嗎？」半澤問。「這樣下去，金融廳就會以虧損為理由堅持到底。那樣就麻煩了。」

然而身為資深會計的戶越並沒有立刻回應。

「這次就很難了。包含子公司在內，已經沒有本業以外能夠出售、又能轉換為資金的剩餘資產。現在的情況等於是走到死巷子裡。」

有什麼解決方案——

陷入苦思的半澤腦中浮現的，是三枝副部長命令他負責伊勢島時那副難以捉摸的神情。

半澤抬起頭。戶越以詢問的眼神看著他。

「咦，今天只有常務一個人嗎？」

湯淺踏入董事樓層豪華的會客室，剎那之間感受到現場微妙的氣氛。時間是晚上七點多，早已過了銀行的營業時間，但大和田依舊來拜訪客戶，這點很有他的風格。當他請求約時間會面時，湯淺原本提議要找地方吃飯，但是被委婉拒絕。湯淺可以大概猜想到，這次要談的不是輕鬆的話題。

「社長，很抱歉這麼晚來找你。」

大和田起身，這時先到場的專務羽根也站起來，等候湯淺坐到位子上。

「這些日子來，給你們添麻煩了。」

湯淺猜想對方來訪的目的應該是金融廳檢查。對話窗口原本是第二營業部，但此刻湯淺信賴的半澤卻不見人影。大和田是單獨來見他的。

「關於這件事，我今天來是為了提出一些建言。」大和田銳利的視線盯著他。「老實說，目前的狀況很危險。」

「你的意思是，會被分類為危險對象嗎？」

大和田面無表情地看著湯淺。

「我不希望讓那種事發生。」大和田沉重的語調反映出銀行緊迫的狀況。「但是為了避免它發生，必須重新擬定營業計畫才行。」

聽到營業計畫，湯淺放下正要喝的麥茶玻璃杯抬起頭。

「納爾森公司的事浮出檯面之後，那樣的計畫太樂觀了。」大和田沉重地斷言。

「你要我怎麼做？老實說，我們的確不知道納爾森公司即將破產，可是即使改變營業計畫，也沒辦法解決問題——」

「是嗎？」大和田緩緩地低語。「只要不讓納爾森公司倒閉就好了吧？」

這句話出乎湯淺的意料之外。

「不讓它倒閉？很抱歉，我不了解你的意思。」

在浮現問號的湯淺眼中，大和田的態度顯得異常從容。

「只要買下它就行了。」

湯淺倒抽一口氣。大和田又說：「這一來也能降低成本。」

「請別開玩笑！」湯淺否決這個意見。「大和田先生，我不知道那家公司有幾名員工，可是我不打算增加固定成本，也沒有這筆資金。」

「不，我認為常務的意見很值得參考。社長，難道還有其他選擇嗎？」在一旁聆聽的羽根以格外強勢的口吻說。「要是現在超過一百億的投資泡湯，本公司的業績就會跌到谷底。如果只是財務損失就算了，但是連ＩＴ計畫也會落後。」

「可是也不能為了這種理由就買下來……」

湯淺欲言又止，大和田則勸戒他：

「我不會請你現在就做出決定。不過照這樣下去，伊勢島一定會在金融廳檢查中被分類為危險對象。我不希望那種事發生。」

「我不打算買下納爾森，也沒有那麼多的資金。常務，你怎麼會提出這種建議？我們的本業是飯店業。即使是周邊事業，也和系統開發沾不上邊。」

大和田意有所指地說：「社長，有些解決方案看似繞遠路，實際上或許是捷徑。」

「社長，請容我插嘴——我們有這筆錢。」說話的是羽根。「東京中央銀行不是貸款兩百億日圓給我們嗎？」

湯淺驚訝地說：「那筆錢如果拿去收購公司，當下的資金調度都會出問題，絕對不行。更何況銀行也不會接受。」

這時大和田湊向前說：「要不要接受，就看湯淺先生決定。如果變更資金用途能夠讓伊勢島飯店重振旗鼓，那麼我願意去跟銀行內部溝通。我會負責去說服中野渡董事長。不過這是有條件的。」大和田以執拗的眼神直視湯淺。「我希望你能負起責任。湯淺社長，你應該知道這是什麼意思吧？」

「你要我退出經營？」

大和田沒有回答，只是喝光眼前的麥茶，然後看了看時鐘。

「社長，這是私底下的討論。現在已經沒有時間了。如果不說服金融廳，依照目前的狀況，勢必無法避免被分類為危險對象。難道說你能提供填補損失的非常利益嗎？」

「這……」湯淺說不出話來。

「如果不變更經營體制，有辦法度過難關嗎？請你仔細想想看。」

「半澤次長從來沒有提過這種事。」面對太過唐突的提議，湯淺如此回應。

「哦，他呀。」大和田瞇起眼睛，好似在看遠方一般。「由他來承辦貴公司的業務，似乎稍嫌能力不足。我們會考慮對他進行處分。」

「處分？」湯淺訝異地抬起頭。

「他說要採取因應金融廳的對策，卻根本沒做到該做的事，害我還得親自出面。董事長破例下達指示要讓半澤擔任承辦人員，所以就讓他做了，結果令人大失所望。伊勢島果然還是應該由舊東京系統來負責才對。總之，我要說的就是這些。湯淺先生，希望你能夠好好考慮。你的進退將會決定伊勢島飯店的興衰。」

大和田站起來，羽根送他到室外。

獨自留下的湯淺反覆著短促的呼吸，思索大和田的提案。會客室黑暗的窗戶映照著他悄然的身影。

「原來如此……」湯淺喃喃自語。

這無疑是大和田和羽根策劃的陰謀。羽根察覺到湯淺打算在這次股東大會解除他的職位，反將一軍打出逼湯淺退位的王牌。

真狡猾……

然而湯淺卻束手無策。他對於這樣的自己感到懊惱。

他不知在原地待了多久。

桌上的電話響起，把他從深陷的思考中拉回現實。

「我是東京中央銀行的半澤。」電話中的聲音對他說。「我有事想要談，可以請您撥出時間嗎？」

5

人事部長伊藤光樹很罕見地告知第二營業部長內藤，有話想要直接跟他談。

「有一件事想要和你談談。雖然還在研議階段，不過我想必須先聽聽你的意見才能決定。」

伊藤以優雅的動作從桌上的香菸盒拿出一根菸，把它點燃。他比內藤早了五年進入銀行。工作的領域雖然不同，不過兩人都是東京中央銀行的頂尖行員。

擔任人事部長的伊藤具有冷靜的外表，常被以為是善於疏通的和事佬，但實際上卻以精明幹練著稱；雖然具攻擊性，但也長袖善舞。

「事情是這樣的：大和田先生向我提出一個人事案。」伊藤切入話題。「跟你們部門的半澤有關。」

內藤早就猜到大概是這回事。他默默地注視人事部長。

「大和田先生希望能夠把半澤調職。」

「調到哪裡？」

「這我就不知道了。總之他希望把半澤調到銀行之外。」

「要把半澤外調？」

「你覺得呢？」

內藤突然泛起可笑的表情看著伊藤。

「伊藤，你是認真在問我嗎？」

有片刻的時間，兩人彼此直視對方的眼睛，揣測對方的想法。接著伊藤原本壓抑感情的臉上浮現不同的表情。

「怎麼可能。」伊藤邊從嘴中吐出煙邊說。

「你認為檢查對策有問題嗎？那要不要連我也一起調職？」內藤抬起靠在椅背的上半身，表情變得嚴肅。「我不知道這是常務的意思還是怎麼樣，可是我反對把半澤調走。」

「你也知道，伊勢島飯店的案件不容失敗。如果讓大和田常務屬意的人接任，就算失敗了，我們受到的傷害也會比較少。你不覺得嗎？」

如果說調走半澤是大和田的策略，那麼以對自己有利的方式來解釋的伊藤也相當機伶。這一來，簡直就像狐狸和狸貓在較量騙術。

「你們強迫他接任伊勢島飯店的承辦人員，怎麼可以現在又把他調走？這就像把自己架起來的梯子搬走一樣。」

內藤感到傻眼。銀行的派系觀念到這種地步也太誇張了。

「你應該也很清楚，銀行就是這樣的組織。」

「我當然知道，可是並不認同。伊藤，我以為你也跟我一樣。」

然而伊藤沒有對此反駁，只是說出自己的觀測：「實際上，伊勢島飯店的資產評定處於很不利的狀況。照這樣下去，被分類為危險對象也是遲早的事吧？」

內藤面不改色地問：「那又如何？你打算怎麼做？」

「如果金融廳檢查繼續往更糟糕的方向發展，那麼看情況就不得不把半澤調職。」

「半澤是湯淺社長指名的人選，董事長也同意了。湯淺社長信任半澤，把他視為夥伴。這是半澤贏得的功績，我不認為繼任者能夠做到這一點。」

「伊勢島飯店原本是舊東京的客戶。大和田先生大概覺得，即使不是半澤，也有很多熟悉這家公司的行員。而且有件事我得告訴你。」伊藤壓低聲音說，「大和田先生似乎打算大刀闊斧改革伊勢島的交易。聽說他命令融資部企劃組進行研議——不過這只是傳言，我也不知道真相如何。」

內藤皺起眉頭。這項計畫是跳過第二營業部進行的。

「你知道為什麼要挑融資部嗎？」

內藤感到不耐，以平靜的口吻說：「又是因為舊東京的關係嗎？到底要被這種古板觀念綁架到什麼時候？派系人事只有百害而無一利。難道常務要把派系利益置於銀行利益之上嗎？」

伊藤冷靜地說：「我了解你想要說什麼，但是以半澤現在的做法，很難扳回劣勢。如果在金融廳檢查中繼續出現失敗，就不得不調走半澤。我希望你明白到時候半澤的境遇會怎麼樣。」

內藤咬了嘴唇。他立刻了解到伊藤的言下之意：這不僅關係到半澤，也關係到內藤本人的人事。

6

「我正好也想要和你聯絡。」

晚上八點多，仍待在伊勢島飯店社長室的湯淺一看到來訪的半澤，便這樣對他說。

「事實上，貴行的大和田常務剛剛來訪。」

「常務來過？」

「他勸我辭去社長。他說如果我辭職，就答應將先前貸款的營運資金轉成收買納爾森的資金。」

半澤聽到如此誇張的行徑，不禁燃起滿腔怒火。

「我考慮過他的提議——」湯淺眼中布滿血絲，看起來很疲憊，表情相當憂鬱。

「如果我個人辭去職位能夠保住伊勢島飯店，那麼我也不打算戀棧社長職位。如果這是最佳選擇，我願意很乾脆地退出經營。你有什麼想法？」

「這是大和田先生的提案，同時也是羽根專務的提案吧？」

湯淺雙唇緊閉，視線落在腳邊，然後再度抬起頭。

「沒錯。那兩人年齡相近，我聽說大和田先生在擔任京橋分行長的時候，和羽根非常親近。大和田常務的算盤，大概是要以貸款為條件逼我退出經營，讓羽根成為社長。」湯淺冷靜地猜測到大和田提案的背後用意。

「既然您已經知道了，那麼我奉勸您，絕對不能買下這家公司。」

「什麼？」湯淺抬起頭。「為什麼？」

「納爾森公司和黑道有來往，所以不能買下這家公司。很遺憾，大和田和羽根先生都不知道這件事。」

「怎麼會這樣……」湯淺顯得相當錯愕，接著沮喪地說：「難道即使我放棄職位，也沒辦法拯救公司嗎？」

半澤凝視失落的經營者好一陣子，然後以嚴肅的口吻說：

「湯淺先生，事實上我有一件事想和您深入討論。這個提案或許比大和田及羽根先生的提議更突然，甚至有可能更難以接受。我徹底想過，假設自己站在您的立場，究竟能夠做什麼、該做什麼。考慮過後，我相信接下來的提議是目前拯救伊勢島飯店、讓飯店更加茁壯的最佳選擇。」

湯淺沒有反應。

他只是默默等待半澤說話。

在這個重大局面，半澤直視疲憊不堪的經營者眼眸，以最大的決心說出他帶來的腹案。

「請你接受福斯特集團的資本。」

聽到這句話，湯淺不禁目瞪口呆，有好一陣子無法動彈。

「我已經確認過福斯特方面的意見，條件是由湯淺先生續任社長。福斯特也願意提供已經完成的全球訂單系統、必要人才及知識經驗。他們則能夠以伊勢島飯店作為連結點，迅速在日本取得獲益機會。」

不知經過多久，湯淺終於說：

「可以給我一點時間嗎？我想要好好考慮一下。」

半澤留下湯淺一人，離開社長室。

第五章　月曆與柱子上的釘子

1

「哦，這樣啊。不過還真是花了好長一段時間。」

在新宿那家店見面的三天後，京橋分行的古里聯絡近藤，告知他貸款案已經通過。

近藤事先已經從渡真利口中得知這件事。他原本以為田宮會顯得更高興，但田宮的態度卻意外顯得冷淡。

「你只不過是把事情弄得更複雜吧？」

說這句話的是下屬野田。田宮和野田當然都不知道他和古里之間的事。或許他們只看到前銀行員連區區三千萬貸款都搞不定，覺得很滑稽吧。

為什麼？

當近藤指出財報虛飾、並擬定一直掛念的營業計畫書時，公司內的氣氛一度好像團結起來了；然而他感覺到，此刻這樣的氣氛卻如海市蜃樓般消失，從指尖溜走。

他不知道田宮在想什麼，對於野田的自我主張也無法產生共鳴。同樣地，他們也不會對近藤敞開心扉，仍舊保持精神上的距離。

近藤原以為彼此開誠布公對談就能相互了解，但卻有某種微妙的因素，使得近藤無法傳達這樣的想法。

即使如此，貸款通過的消息仍讓最近神經緊繃的近藤稍微鬆一口氣。

雖然過程一波三折，還利用半澤的點子訴諸「非常手段」，不過姑且達成了目標。然而——

當近藤從抽屜中的財務資料取出近期資料時，注意到資料夾下方有一張文件被壓皺，突然停住了手。

前幾天近藤在閱讀過後，應該有把這張紙夾進裡面。

他抬起視線看野田。野田在稍遠的座位上側臉對著他，若無其事地盯著螢幕。

近藤打開資料夾。

乍看之下沒有任何異狀，但是他翻到某一頁時停下來。

頁數不對。

「1」——

前一頁是「294」，下一頁是「296」。這麼說，這一頁的頁數應該是「295」才對。

這一頁是財務資料明細，科目是「長期放款」，金額約有七千萬日圓，對象幾乎都是田宮電機的承包公司。

這一頁被掉包過了。

「野田先生，請問一下。」

野田望見近藤桌上攤開的財務資料，表情變得僵硬。近藤問他：「我不在的時候，有人看過這份資料嗎？」

「啊？」野田發出裝傻的聲音。「你不是鎖起來了嗎？有誰會去看？」

「你可以看看這個嗎？」

野田一副不耐煩的樣子起身走過來。當他看到近藤指的那一頁，便沉默不語。

「這有什麼問題嗎？」

「頁數不對。」

野田收起臉上的表情。近藤問他：「為什麼會這樣？可以從處理會計的電腦輸出這份明細嗎？我想要看看。」

野田以僵硬的動作回到自己的座位，操作會計軟體，將同一年度的放款明細顯示在畫面上。

這份明細和印出來的完全相同。

「有什麼問題嗎?」

野田粗暴地詢問,但近藤不會被騙。

因為他看出分錄號碼有問題。處理會計分錄時,會計軟體會自動分配一串號碼,而明細上的分錄中有一個這樣的號碼。

3765１。

「可以給我看分錄的輸入頁嗎?」

「為什麼要看那種東西?」野田明顯地表露出懷疑的態度。

「不用管,快點顯示出來。」

野田狠狠瞪他,不過還是操作滑鼠,顯示他所要求的畫面。

輸入的分錄最後會有顯示「結帳分錄」的「13月」日期。正常情況下,應該不會出現更後面的分錄號碼。如果有的話,就表示那是在結帳之後為了某種理由追加的資料。

原本應該在末尾的結帳分錄號碼是37650。

無需思考就知道這代表什麼意思:放款金額的分錄是在這之後輸入的。能夠進行這項操作的，當然只有野田。

「可以了嗎？」

野田焦躁地詢問。近藤平靜地回看他的眼睛。

「你最近追加過這份財務資料嗎？」

野田的眼神中產生動搖，他移開視線說：

「我才沒做那種事。」

野田迅速地重新操作會計軟體，改變畫面。不過近藤已經看清楚上面顯示的資料。

分類號碼37651。長期放款三千萬日圓。放款對象，菲斯電工股份有限公司——

野田絕對有所隱瞞。

2

菲斯電工的承辦人員是營業部的茂木，從聲音聽起來是個年輕男子。

「這裡是做什麼的公司？」

「製作試作品。廠商的企劃會議通過之後，就會拿到菲斯電工去做試作品。」

「有沒有菲斯公司的財務報表？」

茂木說：「應該沒有吧。我們是向他們下單，也就是付款方。如果是較小的公司，萬一倒閉而無法完成委託的東西會很麻煩，所以有可能會為了授信判斷索取財務報表，不過這家是頗有規模的公司。就連試作品也幾乎等於是我們求他們幫忙做的。這家公司有什麼問題嗎？」

「本公司借出三千萬日圓給這家公司。」

茂木瞪大眼睛說：「咦？真的嗎？」

「我想要知道是用在哪裡。你不知道嗎？」

「我還是第一次聽說。」茂木側頭表示不解。

「你是承辦人員吧？」

「沒錯，不過這件事有可能是社長去談的。我沒有聽說過。」

「社長？」

「雖然名義上的承辦人員是我，不過這家公司都是社長在交涉。有什麼不妥嗎？」

「也沒什麼不妥的。謝謝。」

近藤從已經下班的野田桌上的架子抽出供應商檔案，翻開「F」那一頁。他記下菲斯電工公司代表人姓名與地址，然後打電話給東京中央銀行的渡真利。

「很抱歉在你這麼忙的時候打電話。我想要請你幫忙查詢供應商的信用資料。這件事不能拜託京橋分行。」

近藤說出菲斯電工的基本資料，並告訴他詳情。

「我待會再跟你聯絡。你留在位子上，我馬上回電給你。」

渡真利遵守諾言，只隔幾分鐘就打電話來。即使是只有幾名員工的微型企業，也會登錄在與銀行簽約的徵信公司資料庫中。

「這家公司的主要往來銀行是白水銀行。雖然也有和我們往來，不過順位比較低。他們在橫濱分行有金額很小的貸款。」

「田宮電機有長期放款給這家公司。我想要知道這筆錢用在哪裡。」

「放款？聯絡橫濱分行的話，他們手邊應該有財務報表，或許可以得到一些線索。你可以給我一點時間嗎？」

「真抱歉，這麼忙還打擾你。」

渡真利應該正忙著應付金融廳檢查，但他完全沒有提到這一點。

渡真利第二次打電話來，是在次日下午五點多。

「你昨天提的是菲斯電工沒錯嗎?」渡真利一開口就這麼問。「我問過橫濱分行,他們並沒有向田宮電機借錢。」

「沒有?」近藤不禁反問。

「他們有接受田宮電機的一般訂單,但是沒有長期負債。為了慎重起見,我請分行的人直接確認,不會有錯。」

這是怎麼回事?

「菲斯電工有沒有可能沒有把貸款列入報表?也就是虛飾報表。」

「不可能。這家公司正準備上市,有會計師事務所在進行查核。」

那麼能夠想到的可能性就不多了。

「也許不是借給菲斯電工,而是借給其他公司吧?」

渡真利的質疑讓近藤稍稍皺起眉頭。

「我不知道真正的貸款對象。帳簿被偷換過了,會計軟體的分錄也遭到變更,根本沒辦法確認。」

「既然是貸款,應該有契約書吧?可以去確認看看。」

近藤說:「沒有契約書。」

「沒有?」電話另一端的渡真利拉高聲量。「怎麼會沒有?」

「我問了負責的會計人員，回答是沒有製作契約書。」
「沒有契約書就借出三千萬日圓？你們公司是白痴嗎？」渡真利口無遮攔地說。
「聽說是雙方社長很要好，只憑口頭承諾就借錢了，所以沒有簽契約書。」
「如果這是真的，那還真是蠢社長聯盟。」
渡真利感到傻眼。近藤當然也不會天真地相信「沒有契約書」這種說法。
有沒有什麼方法可以確認真正的貸款內容？近藤掛斷電話，在桌上抱頭苦思。
接著他靈光一閃，想到一個點子。
「對了……」近藤喃喃自語。
可以找稅務會計師。

3

田宮電機的顧問會計師事務所位在神保町的住商混合大樓。近藤從京橋轉乘地下鐵，在大樓側面的招牌找到「神田敏男稅務會計師事務所」的名稱，進入高窄型的大樓入口。
近藤把名片遞給服務臺的年輕男子，請他找常到田宮電機的承辦人員渡瀨稔。

渡瀨的座位在辦公室的後方。

「啊，你好。」

小跑步過來的渡瀨露出疑惑的表情，想必是對於近藤毫無預警來訪感到奇怪。

「很抱歉在忙碌的時候突然打擾。可以占用一點時間嗎？」

「哦，好的。」渡瀨努力隱藏困惑的表情，問：「野田課長今天沒來嗎？」

「這件事跟野田無關。」

近藤隨渡瀨進入會客室。渡瀨直接坐在桌子對面的座位，似乎覺得不需要找會計師神田出來。

「事實上，我這次來是想要看本公司的財務報表明細。這裡應該有備份吧？」

「明細備份？」渡瀨顯得困惑。「貴公司應該也有這份資料才對。」

「其中有部分內容遭到偷換了。」

「呃，請問是怎麼回事？」

渡瀨湊上前問。近藤把影印下來的明細攤開在桌上。

「這筆長期放款的明細感覺很奇怪。」

渡瀨面無表情地看著那筆資料。

「上面記載長期放款給菲斯電工三千萬日圓，但是實際上卻沒有這回事。」

「請問，關於這件事，你有取得野田課長的許可嗎？」

渡瀨以客氣的口吻詢問。他的年紀大約三十歲，因為運動不足與連日辛勤工作而臉色蒼白。

「許可？為什麼身為部長的我需要取得課長的許可？」

近藤這麼問，渡瀨便收起原本堆起的笑容。

「我聽說會計事務是由野田課長專任的。」

近藤說：「野田是我的下屬。」

「為了保險起見，可以請你和野田先生討論一下嗎？」

「不需要討論。」

聽到近藤如此斷言，渡瀨的表情變得僵硬。

「那麼我無法拿給你看。」

「跟你說不通。你們老闆在不在？」

「他現在正在面談。」渡瀨想要委婉地拒絕。

「哦。」近藤回應一聲，然後問：「前年度的財報虛飾，你們事務所應該也知情吧？」

渡瀨沒有回應，但眼中出現不安的神色。

「你們想得太簡單了吧？」近藤繼續說，「如果採取這種態度，我就要解除顧問契約。」

渡瀨或許是因為壓抑心中的怒火，臉頰微微顫抖。他似乎判斷自己無法處理這件事，便說「請稍等一下」，走出房間。

渡瀨出去之後就遲遲沒有回來。

近藤可以想像他在做什麼。首先是聯絡野田。野田應該已經指示他「不可以拿出來」。此刻在田宮電機公司，野田想必也開始發飆了。

「近藤部長，好久不見。」

不久之後，渡瀨帶著事務所長神田敏男過來。

頭髮稀疏而圓臉的神田晒得很黑，看起來不太像會計師，比較像從事體力勞動的勞工。在這間有五十名員工的事務所，稅務都由事務員處理，而神田的工作大概只有和顧客應酬喝酒或打高爾夫球。光是這樣就能得到幾千萬日圓的報酬，實在是太輕鬆了。

近藤面無笑容地說：「你好，神田先生。你聽說我的來意了嗎？」

「關於這件事，拜託你幫幫忙。」神田裝出愁眉苦臉的表情。這個男人的個性很輕佻。

「拜託的人是我。可以快點讓我看資料嗎？」

「真傷腦筋。」神田臉上浮現狡猾的神情。

「沒什麼好傷腦筋的。這是本公司的資料。客戶的總務部長要求檢視，拒絕這項請求比較奇怪吧？」

「野田先生吩咐過，不能拿給別人看。還有，你也沒有取得田宮社長的同意吧？」

「就是因為野田有可能竄改資料，我才來找你們。」

「很抱歉，部長，這件事我辦不到。」

神田靠在椅背上，從胸前口袋取出香菸，點燃一根菸。「我和野田先生認識很久。他嚴格囑咐過我，不可以拿給他和社長以外的人看。」

「這樣啊。那就沒辦法了。」近藤說完，從公事包取出一份資料放在桌上。

「這是什麼東西？」

「這是整理田宮電機虛飾財報的報告書，上面也有提到貴公司。」

神田抬起靠在椅背的上半身，連忙閱讀報告，眼神出現變化。

「虛飾是透過兩套帳進行。帳簿應該是貴事務所製作的。你們為什麼要協助這種事？」

兩套帳做得很巧妙，如果沒有會計事務所的參與，很難做到那樣的程度。

「這個嘛，畢竟是長久以來的合作關係……」神田曖昧不明地回答。

「因為是長久以來的合作關係，就幫忙虛飾財報？利用這份虛飾過的財務報表申請貸款，等於是詐欺行為。你在幫忙的時候，應該也知道這一點吧？」

「我也不想做那種事，可是——」

「你知道『反社會稅務會計師』這個詞嗎？」

近藤打斷對方的辯解這麼說。神田閉上嘴巴。

「近藤先生，別這麼說，我們只是——」

「銀行有一份黑名單，紀錄曾經參與過虛飾財報的會計師事務所。一旦被列在上面，這家事務所的客戶就很難憑財務報表申請企業貸款。要是我向銀行報告貴事務所參與這次財報虛飾，你知道會發生什麼事嗎？」

「別這樣。」神田變得狼狽。「請高抬貴手。」

「你們的生意好像很好，不過這也是因為有信用的關係。你想要遵守跟野田的約定也沒關係，但是你應該仔細考慮，站在野田或是我這邊，哪一個對貴事務所比較有利。」

神田眼中出現猶豫不定的神情，然而這個擅長算計的男人沒多久就做出結論。

「喂，渡瀨！快去拿資料過來。」

渡瀨原本在一旁面色蒼白地觀望事情發展，一聽到命令便立刻衝出門。

不久之後，他捧了厚厚的帳簿回來。

近藤翻開帳簿，立刻找到他要找的目標。這是長期放款的明細。

放款金額三千萬日圓。

找到了。上面記載的放款對象果然不是菲斯電工，而是——

「拉法葉股份有限公司？神田先生，這是什麼樣的公司？」

神田猛搖頭說：「我、我不知道。這是野田先生自己輸入的，會計事務所沒有參與實際內容。」

「你真的不知道嗎？」近藤再次確認。「如果事後發現你其實知情，到時候你就要有心理準備。」

「是真的，近藤先生，請你相信我。」神田苦苦哀求。

「這個就交給我保管。」

近藤拿著帳簿走出會計事務所，轉乘地鐵回到京橋。他把帳簿放入車站的寄物櫃，然後回到野田等候的公司。

田宮接到野田打到手機的電話時，正在打高爾夫球。

他開出一個右曲球，正擺好姿勢，準備從長草區揮出第二桿。他尖銳地「啐」了一聲，取出在屁股口袋震動的手機。如果螢幕上顯示的是其他人的名字，他或許就不會接電話了。

「什麼事？」

「啊，社長，很抱歉，在百忙之中打擾您。」

要不是有重大事件，野田絕對不會在這種時候打電話來。

「是這樣的，神田事務所打電話來，說近藤剛剛跑到他們那裡去了。」

「什麼？」聽到這個意想不到的消息，田宮不禁朝著手機怒吼。「他去做什麼？」

「聽說他要求看本公司的財務報表。就是先前提到的放款明細——」

「他們該不會拿給他看了吧？」田宮以極度不悅的口吻詢問。

「呃，事實上……」電話另一端的野田不知該如何回答。「我有交代過他們，絕對不可以拿給近藤看，可是神田先生似乎——」

「給他看了嗎？」

「嗯，好像是這樣。」

「笨蛋！」

田宮對野田怒吼，並在盛怒中掛斷電話。

他無法原諒近藤沒說一聲就跑去會計事務所，對於輕易拿帳簿給近藤看的神田也感到憤怒。恬不知恥來報告這件事的野田也是個大蠢蛋。怎麼每個傢伙都這樣——

然而這股怒火很快就被浮現於心中的不安要素取代。

近藤一開始是如何發現那筆錢的？是因為動手腳的野田出現紕漏，還是有別的理由？疑問一旦浮現就無法抹去，開始在內心盤旋。

「田宮先生，輪到你了！」

聽到球友的呼喚聲，田宮再度進行擊球準備。

他的眼睛雖然看著白球，但是在心中，白球已經替換成近藤的臉。「可惡！」

他使勁蠻力揮桿，球飛向彷彿隨時要落淚的烏雲，方向比他意圖的偏右許多。

「糟糕！」

他心中這麼想，果嶺前方的池子便濺起水花。

「唉，掉進去了！」

遠處傳來球僮的聲音。

4

「很抱歉在百忙中請你過來。」

晚上八點多，貝瀨比約定時間稍晚走進室內，田宮便深深對他鞠躬。

「別客氣。不過這次請各付各的。畢竟還有貸款案的事，時機有點敏感。」

貝瀨特別提到「各付各的」，似乎是在強調銀行員的分際。

「沒關係，分行長，這次的事和貸款屬於完全不同次元，不會混淆在一起，所以請放心。」

田宮說完，告知拿濕毛巾過來的女人開始上菜。

他腦中浮現以「有些重大的要件」為由約對方吃飯前，發生的種種事情——

日前田宮結束了狼狽不堪的高爾夫球，直接回到公司，第一件事就是把像平常一樣在座位工作的近藤叫來。

他事先告訴過野田，在他回來之前不要和近藤談這件事。野田眼見田宮一回來就把近藤叫去，便懷著看好戲的期待望著他們。

「聽說你今天到神田先生的事務所。你去做什麼？拜託你別擅自亂搞好嗎？」

田宮當時以格外激昂的口吻說話。

「因為公司的帳簿內容有造假的部分。」

近藤以平靜的態度說話，將手中的影本攤開在桌上。這是帳簿的影本。

一如預期，上面記載著長期放款的帳目名稱。田宮警戒地詢問：「這又怎麼了？」

「野田！」

近藤沒有回答，卻突然呼喚野田。野田離開自己的座位走過來，臉上已經顯出不悅的表情。

「你更動過這項帳目名稱的內容吧？」

野田瞥了帳簿一眼，裝作不知情說：「我不知道你在說什麼。」

「只有你才會動這種手腳吧？」

「也許是神田事務所的渡瀨先生更動的。」

「野田，別說這種無聊的謊言，連小學生都會笑出來。」

野田以凶狠的表情瞪他。

「你怎麼知道這是謊言？野田都說不是他做的了。」

田宮的這句話讓在場的三人深刻感受到，公司內部的人際關係正漂向無可挽救的危險水域。

「那麼我們現在就跟神田事務所的渡瀨先生確認吧。野田，你說呢？」

野田眼中的表情消失了，看著近藤沒有回答。近藤繼續說：「你偷換過我放在抽屜的總帳某一頁吧？」

「怎麼做？」

野田兇狠地反駁，但接著他的臉色變了。近藤把鑰匙舉到他面前。

「我搜查過你的抽屜了。這是我的抽屜備份鑰匙，製作日期是上星期三，對不對？雜費明細裡面有一項應該就是備份鑰匙的費用。」

「近藤先生，你想說什麼？」田宮以責難的口吻質問。

近藤逼近他問：「這家拉法葉公司是什麼樣的公司？」

「是我們的客戶。我跟這家公司的社長認識很久了。」

「請讓我看契約書。」

「沒有那種東西。」

田宮回答。近藤當然也知道這是謊言。

「貸款三千萬日圓，連一份契約書都沒有，太奇怪了吧？還款期限是什麼時候？」

「近藤先生。」田宮抬起靠在椅背的上半身。「這件事就當作是社長的事，希望你不要過問。」

「那就請社長自己出借這筆錢。」近藤立即回應，讓田宮無法反駁。「像這樣的放款只會破壞公司的財務內容，請立刻要求歸還。歸還資金就由社長借給對方就行了。」

「好吧，我會考慮看看。總之，這件事就交給我處理好嗎？」

此刻對於田宮來說，沒有比近藤更囉嗦的人物。他甚至覺得近藤是個破壞狂，專門否定自己過去的一切經營方式。田宮不消多久就做出結論：在近藤挖掘出更多祕密之前，趕快請銀行把他收回去。

「事實上，是關於近藤先生的事。」田宮等到料理告一段落，終於切入正題。「他在公司動不動就引起衝突，我也感到很棘手。」

貝瀨正要把盛冷酒的小杯子端到嘴前，聽到這裡就把杯子放回桌上，露出相當複雜的表情。

「退回外調人員這樣的做法，並不值得讚賞。」

果不其然，貝瀨的反應很難稱得上是善意的。

「我當然也不希望這樣。分行長，這是不得已的。」

接收外調人員之後又退回去，不論有什麼理由，銀行都不會感到高興。田宮當然也理解這一點。

「社長，可以請你重新考慮嗎？」

「我自認已經特別關照，希望他能夠在本公司繼續工作，可是實在是沒辦法了。」

「具體而言，近藤先生到底是哪裡有問題？」

貝瀨改以正式的口吻詢問。畢竟前幾天才發現財報虛飾的事，貝瀨自然對田宮抱持不信任感，而田宮也得到貝瀨反對繼續貸款的情報，因此兩人表面上雖然客氣，心中卻都懷著對彼此的反感。再加上田宮搞不清狀況，以為如果沒有近藤就不會演變成這樣，因此備感憤怒。

「首先，他這個人完全沒有協調性，無法得到下屬信任，讓我也感到很困擾。另外他也會干涉經營。前幾天雖然擬出提交給貴行的經營計畫，可是內容卻偏離本公司的方針，在董事之間的評價也很差。這樣下去，很難讓他繼續留在本公司。」

貝瀨鼓起臉頰，然後小聲說「真傷腦筋」。

「總之，可以請你跟人事部門談談嗎？」

「好的，我會轉告一聲。」

「分行長，這件事就務必拜託你了。」

不論理由為何，只要換掉近藤，那筆放款的事就可以蒙混過去。田宮之所以接納外調人員，原本就純粹只是為了討好京橋分行，不過面對貝瀨這樣的對手，這樣的算計恐怕也只是白費工夫。

田宮心想，和東京中央銀行的交往方式或許也需要隨著時代而改變。他沒有必要勉強自己去討好貝瀨。

他送貝瀨到停在店門口的分行長用車，自己舉手攔下駛來的計程車。他坐上後座，拿出手機打到常光顧的另一家店。今晚的心情實在是太惡劣了，他打算重新喝一頓。

5

近藤向渡真利打聽「拉法葉股份有限公司」這家公司的詳細資料。

「同名的公司總共有七家。東京都內有三家，沒有一家和田宮電機同業。其中兩家是服飾公司，另一家好像是餐飲業。橫濱和千葉也有同名的公司，業種都是餐飲業。你打算怎麼辦？」

「可以先把調查表傳真給我嗎？我再想想看。」

幾分鐘後，東京中央銀行融資部傳真過來。近藤專注地讀完之後，不解地側頭。沒有連結點。他無法在這份名單中看出是誰借的錢。

這是他造訪稅務會計事務所、與田宮爭論的次日。

田宮說沒有契約書。雖然一定是謊言，但即使契約書存在，應該也已經藏到近藤找不到的地方。

「有沒有其他追蹤手段……」

直到下午他拿到放在未批閱箱裡的存摺，才終於找到某種答案。

貸款給其他公司的時候，通常不會從存款帳戶領出現金搬運，而是以「匯款」處理。只要確認貸款三千萬日圓時的匯款對象就行了。

當晚近藤等野田下班，便開始調查對拉法葉公司的長期放款是幾年前發生的。

這點只要調查以前的財務報表，馬上就知道了。雖然不知道放款對象的名字，但財務報表仍舊會列入這筆放款金額。

時間點是在四年前。這筆錢從合併前的東京第一銀行京橋分行存款帳戶匯入對方公司。日期是五月十七日。

接著他前往倉庫，尋找該年度匯款單備份。會計文件的保存年限為七年。不論有什麼狀況，公司既然借出錢，一定會殘留某種痕跡。

倉庫是位在同一樓層的一間房間。近藤一進入室內，就感受到悶熱的空氣中摻雜著霉臭味。

室內的整理狀況並不好。兩側櫃子擺了業務部用的試作品等電子零件，不知是商品、廢棄物還是陳廢存貨；會計文件則在更裡面的地方堆積如山。

近藤挪開任意放置在腳邊的紙箱，來到分年度排列的櫃子前。

他把幾個布滿灰塵的箱子搬到地面，直接伸手打開，手指立刻變成黑色。

這些紙箱裡塞滿了貼上經費相關收據的剪貼簿及憑單。他打開幾箱，尋找他要找的文件。不久之後他找到舊的匯款單備份，便停下了手。

看來田宮和野田都沒有想到要把這張單子藏起來。

工整的文字一看就知道是野田的筆跡。

匯款對象是拉法葉股份有限公司，匯款金額三千萬日圓，匯入的是白水銀行日本橋分行的活期存款帳戶。

近藤寫下帳戶號碼，回到自己的座位，拿出渡真利傳來的調查表，尋找和這家銀行分行有往來的公司。

只有一家符合。

6

這家店的目標顧客群大概是三十多歲到四十多歲的女性。

掛在衣架上的商品每一件設計都很典雅，不會過分花俏。近藤翻開附近一件連身裙的標價吊牌。六萬五千日圓——至少以近藤家的經濟狀況來說，並不是能夠輕易下手的價格。

店內還有另一名客人，店員一直陪在旁邊推銷。

這裡是日本橋站前的百貨公司。近藤事後調查得知，拉法葉公司在這裡推出與公司同名的「拉法葉」品牌精品店。

「呃，抱歉。」

近藤對保持距離跟隨他的店員開口。店員是氣質穩重的三十多歲女性，很適合穿著這家品牌的衣服。

近藤問：「請問這家拉法葉是原創品牌嗎？」

「是的，所有商品都是我們公司設計的。您要送人嗎？」

「嗯，對呀。」近藤曖昧不明地回答。

根據渡真利給他的信用調查表，拉法葉總公司辦公室位在地鐵日本橋站附近的住商混合大樓。

「只要知道送禮對象穿的尺寸，就可以幫您搭配。對方有沒有特別的喜好？」

「這個我不太清楚。」聽到近藤的回答，店員顯得有些失望。「她希望我來看這個品牌，說我一定會喜歡，然後約定要等下星期日再來買。有沒有宣傳冊子之類的東西？」

店員從賣場中央的桌子抽屜取出印了商品的宣傳冊子，回到近藤面前。

近藤道謝並收下冊子，然後迅速離開。

宣傳冊子上沒有記載企業資訊，不過印在上面的公司地址和信用調查表完全一致，證明這家公司就是田宮電機的放款對象。田宮把三千萬日圓貸款給一家擁有小品牌的服飾公司。

近藤在女裝樓層角落的沙發坐下，重新瀏覽這本印了漂亮商品的宣傳手冊，接著檢視信用調查表上的代表人姓名。

棚橋貴子。

住址在大田區，年紀四十七歲，除此之外沒有其他資訊。

會不會是田宮的情婦？

近藤拿著帶來的地圖，走在過了晚上六點仍舊很悶熱的市中心。不久之後，他在小巷旁的大樓前方停下腳步。玻璃牆面上映照著沉重的天空。

這棟大樓的一樓，就是拉法葉的總公司辦公室。從打開一半的百葉窗可以看到室內情景。這是一家營業額不到一億日圓的小公司，辦公室看起來很小。

近藤觀望了好一陣子，終於下定決心，走向一樓旁邊的入口打開門。

他一走進辦公室就感到異常的壓迫感，大概是因為室內堆了許多紙箱，幾乎堆疊到天花板。其中有幾個紙箱已經打開，正在取出貨物。這裡的員工都很年輕。近藤開口打招呼，坐在辦公桌前、看似事務員的女人便起身走過來。

「我是田宮電機的人。請問社長在嗎？」

事務員端詳著近藤遞出的名片，接著以困惑的眼神看著他。

「田宮電機的人？請問您有預先和社長約時間嗎？」

「沒有。我剛好來到附近，想要順道打聲招呼。」

女人的臉上出現為難的表情。

「請問，您和社長是什麼樣的——」

她或許是以為近藤是推銷員而警戒。

「很抱歉，我是田宮電機總務部的人。」名片上也是這麼寫的。「只要轉告她是關於來自本公司的資金，她應該就會了解了。我不是推銷員，請放心。」

說到這裡事務員似乎總算接受了，對他說「請稍等」，拿著名片走入後方的房間。

不久之後，事務員走回來，對近藤說「請跟我來」，近藤便跟著她走入後方的房間。室內有一名女人。這裡似乎是多功能室，放置著會議桌。此刻女人面前堆滿了設計圖。當近藤走入室內，原本大概在開會的員工剛好離去。

「請問有什麼事情嗎？」女人站起來，一雙眼睛從附金色鏈子的眼鏡後方打量近藤。

「請問您是社長嗎？」對方沒有拿出名片，近藤便如此詢問。

「是的。」

女人以手勢請近藤坐在無人的座位上。

「我是田宮電機的總務部長，敝姓近藤。我來這裡是因為有件事想請教您。」近藤從公事包取出日前在倉庫找到的匯款單影本。不過他只有拿出來，沒有給對方看。棚橋貴子的視線變得銳利，好似在刺探般，讓近藤感到不自在。

「是關於田宮電機貸款給貴公司的事。」近藤看對方沒有回應，便繼續說，「我聽說本公司的田宮社長以私人關係貸款，可是因為沒有貸款契約，所以感到很困擾。四年前貸款給貴公司三千萬日圓，應該沒錯吧？」

「你說的話真奇怪。」棚橋的話中帶刺。「這種事不會去問田宮先生嗎？我不明白你為什麼要一一向我們確認。而且你說沒有契約書，根本就是謊言。我確實簽過了。你是自作主張來這裡的吧？」

棚橋展現犀利的一面。

「因為這就是我的工作。」近藤也回應。「既然有借款，那麼我想請問預定何時還款。」

「是田宮先生在催促還款嗎？」棚橋反問他，臉上露出不悅的表情。

「不是田宮先生本人說的，不過如果不知道這筆借款何時能夠收回，我們會很困擾。請問您有何打算？」

「這種事，我有義務要告訴你嗎？」棚橋以明顯不信任的態度問。

「身為會計負責人員，我想要納入今後的經營計畫。」

「那就暫時別管這筆錢吧。」

「暫時是到什麼時候？」

「我怎麼知道？」棚橋煩躁地說。「你沒聽過『巧婦難為無米之炊』這句話嗎？而且這又不是你們公司的錢。」

棚橋說出意外的話語。

「不是我們公司的錢？」

近藤抬起頭，棚橋的視線便躲開。從這個動作可以得知，這句話是她不小心說溜嘴的。

「請問這是什麼意思？」

「田宮社長不是說過，這是私人關係借的錢嗎？知道這樣就夠了吧？你問這麼多有什麼用意？」

「請不要誤會，這是本公司的錢。請問您跟田宮先生到底是什麼樣的關係？」

「這種事跟你無關。」棚橋展現傲慢無比的態度。

「如果無關，我就不會來這裡了。」

近藤銳利地回答，棚橋便露出凶狠的眼神嗆回去：

「你只不過是個總務部長。我沒什麼話要跟你說，請你出去！」

7

「會計人員？」

晚上八點多，中小企業協會的會議結束，田宮和其他社長前往飯店派對會場時，手機接到電話。

「聽說他是這樣自稱的。你知道是誰嗎？」

「我們公司接收了銀行外調人員擔任總務部長，我想應該就是他吧。」田宮尖銳地啐了一聲。「我明明叫他不要管這件事，真是的！」

「這樣會很困擾。」

「很抱歉。我沒想到他會做到這個地步。」

幹事帶領的乾杯結束了。在眾人紛紛開始交談的會場一角，田宮用手遮掩手機送話口，壓低聲音。

「畢竟這傢伙比其他前任都要煩人，而且完全不聽命令。關於那件事，都已經跟他說是社長的事，叫他不要管了。我現在正在要求銀行把他調回去。」

電話另一端傳來嘆息聲。田宮趁這個機會，問了有些難以開口的問題：

「雖然很難啟齒，不過我想問一下，那筆錢究竟會在什麼時候歸還？」

他拿著手機溜出會場，喧囂聲便退到背後。他在安靜的大廳找到空椅子坐下。

他可以想像電話另一端的人皺眉的模樣。對方的口吻好像把田宮當壞人，可是事實上應該是田宮在給他方便才對。

「如果業績能稍微好轉就好了。畢竟服飾業也很不景氣。」

就算公司沒錢，你自己手頭上應該有錢吧？——田宮很想這麼說，但還是忍耐下來，逞強地說：「我們公司目前還不要緊。」

「如果有什麼問題的話，請你告訴我。我會再想辦法。」

問題早已發生了。但田宮只說「我知道了」就掛斷電話。

他折起結束對話的手機，塞進褲子口袋，內心感到憤怒難耐——不論是對剛剛打電話來的人，或是對近藤。

田宮在父親驟逝之後當上社長，也經過頗長的一段時間。他原本在自己任職的大企業做自己想做的工作，卻硬是被叫回來。這種莫名的受害者心態，在他心中轉換為「所以在這家公司我要自由發揮」的想法。田宮在自己的公司中成了名副其實的君王，絕對不容許下屬反抗。

然而這也不是不容分說地斥責就可以解決的問題。

田宮不知道近藤的目的。他硬闖拉法葉公司，究竟想要做什麼？難道是打算在不久之後回銀行之前，找到田宮電機的缺失當作伴手禮？

沒有一家中小企業是毫無瑕疵的。田宮電機當然也不例外，被無法擺脫的羈絆束縛。田宮認為這是為了生存的必要之惡，就像稅金一樣。

田宮原本就不信任銀行。

他的不信任有很大一部分源自於前任社長（也就是他父親）灌輸的銀行邪惡論。過去田宮電機曾經被單方面推翻貸款承諾，差點就要跳票。當時田宮大概還在念國中。父親晚上回家時滿面通紅，把放在客廳的玻璃座鐘狠狠摔在地板上打破。那是銀行週年慶贈送的紀念品，背面以金色字體印著當時東京第一銀行的名稱。田宮只能畏縮地看著父親彷彿變了個人般發飆。

父親總是囑咐他：不要相信銀行員——在簽訂契約、收到匯款之前，都不要掉以輕心。以銀行過去的行徑來看，被這樣說也是理所當然的。

父親的訓示等於是田宮面對銀行時的基本方針，不過田宮自己又加了一句：「要利用銀行。」

他雖然討厭銀行，但是在經濟面上，如果被中斷融資也會很傷腦筋。為了持續得到貸款、強化與銀行之間的關係，只好收留像近藤這樣被外調的人。基於陽奉陰違的這套策略，在近藤之前也來了幾個銀行員，不過最終都因為「本人資質問題」而離開了。田宮電機維持隨時可以收留人員的立場，藉此賣銀行人情；但田宮終究無法信任像這樣被送進來的銀行員，因而產生摩擦，使外調人員很快就感覺如坐針氈，無法承受壓力而回到銀行。這樣的情形反覆發生。

近藤也是如此。不同的是，和過去的銀行員相較，近藤更深入踏進田宮電機的

「聖域」。

對田宮來說，外調的銀行員只是裝飾品，是他表態的工具。

田宮雖然已經要求解除近藤的外調工作，但他的焦躁仍舊無法平息。

8

「上次跑去會計師事務所，這次又跑到人家公司，可以請你不要擅自行動嗎？」

近藤「突擊」訪問拉法葉公司的次日，田宮這樣對他說。瞇起的眼睛帶著憎惡，但又像是在探測近藤的真正用意。

社長和總務部長的關係應該要更親近，但兩人卻彼此刺探對方心意。

近藤說：「不論是虛飾財務報表，或是不知何時歸還的三千萬日圓貸款，如果放著不管，就失去我從銀行來這裡的理由了。」

「不管你從哪裡來，都不構成不聽命令、擅自行動的理由吧？」

「那我想請問社長，那筆錢有希望收回嗎？」近藤換了一個口吻詢問。

「這種事不用你擔心。」

「如果那筆三千萬日圓能夠收回的話，我們公司的狀況會改善很多，至少當下的資金調度問題可以解決。為什麼不收回？」

公司狀況會改善——當近藤這麼說的時候，田宮眼中似乎出現某種變化，然而這樣的情感馬上就被隱藏到苦瓜臉後方。接著他嘆息說：

「繼續跟你說下去也沒用。總之，我希望你不要再擅自行動了。」

田宮單方面地說完，就迅速拿起外套，前往拜訪客戶。

又白忙一場了。

近藤垂頭喪氣地回到座位上，看到野田一臉得意，若無其事地敲著會計用電腦的鍵盤。

野田是個實力堅強的會計人員，但他卻沒有向田宮提出建言的動力，只會當個應聲蟲。他是個「少做少錯、不做不錯」的員工，不去考慮公司利益，只會看老闆臉色。

把個人情況置於公司利益之上的經營者，加上協助虛飾財報的稅務會計事務所；照這樣下去，這家公司遲早會走上絕路。

——又不是你們公司的錢。

近藤腦中再度閃過女社長棚橋的這句話。不是田宮電機的錢，這句話究竟是什麼意思？

除此之外，近藤也感到疑問。四年前，田宮電機有餘裕借出三千萬日圓嗎？至少以現在的田宮電機來看，是很難想像的。

近藤從財務文件的櫃子抽出當時的財務報表。

當時的確有獲利，但就如近藤猜測的，這樣的業績不可能挪用三千萬日圓的資金。他打開「總分類帳」，便聽到正在輸入資料到會計軟體的野田停下手，不耐地咂嘴。

「你打開那個要做什麼？」

「你不用管，繼續工作。有問題我再問你。」

「社長不是剛剛才跟你說過，叫你不要擅自行動嗎？」

「難道我連上廁所都要經過社長同意嗎？田宮電機什麼時候開始變成幼稚園了？」

近藤不理會面露不滿的下屬，把視線落在總分類帳上。

三千萬日圓的資金來源應該會紀錄在某個地方。

找到了。

在貸款給拉法葉公司的兩個星期前，田宮電機的存款帳戶匯入了三千萬日圓的資金。

然而意外的是，備註欄記載的是「東京第一銀行」的名字。

這只有一種解釋。

「原來是把貸款得到的錢借給拉法葉公司……」

這是轉借資金。

然而銀行不可能答應以轉借的理由（也就是「我要借錢給其他公司，所以借我錢」這樣的理由）貸款。

假如是用營運資金的名義借錢、再轉借給其他公司，就是明顯的違規。

「野田。」

課長板著臉走過來，近藤便問他：「借給拉法葉公司的錢，是不是挪用銀行貸款？」

野田以陰沉而焦慮的眼神盯著近藤。

「這個嘛，我不記得了。」他在裝傻。

「為什麼有必要做到這種地步？」

野田似乎在思考該如何回答，但是最後只說：

「我也不知道。我只是依照指示處理事務。請你去問社長吧。」

「不用了，我會去問銀行。」

野田的表情變得險峻。

長年待在會計領域的這個男人應該知道，如果把以營運資金名義借的錢轉借出去，會對公司和銀行之間的關係造成什麼影響。

「這樣下去沒關係嗎？」近藤刻意詢問。「接受三千萬日圓貸款之後，沒有告知銀行就轉借他人，而且這筆錢經過四年完全沒有歸還。田宮電機的確是家族企業，但是公司狀況還是會影響到包括你在內的員工生活。即使如此，這家公司卻沒有一個員工能夠對社長說『不』，導致現在連三千萬日圓貸款都得不到的狀況。你應該從頭到尾看到事情發生吧？難道你不在乎嗎？」

野田臉上閃過複雜的情感，宛若垃圾漂過骯髒的河面一般。

「你又知道了！」野田充滿敵意地說。「你如果覺得不爽，還有逃回去的地方，當然不會了解只能依附在這裡生活的人是什麼心情。」

「我知道。」近藤說。「我沒有逃回去的地方。你大概誤會了，事實上即使回到銀行，也沒有我存在的空間。事情沒有那麼簡單。我是抱著長留此地的決心來到這家公司的。所以我認真想要改善公司。你如果打算繼續當社長的應聲蟲，那也沒關係，不過我可不想變成那樣。如果公司有機會改善，當然應該要努力改善它。你是會計吧？對於這家公司的數據，應該沒有人比你更清楚。如果你對社長有所顧忌，沒辦法提出建言，那麼至少閉上嘴巴，不要老是對我做的事情插嘴。知道了嗎？」

近藤以為野田會怒瞪他，但此刻野田的表情卻好像被母親責備而鬧脾氣的孩子。

「少在那裡裝帥了。」野田用手指擦拭油亮的鼻子。「別誤會，我也想要改善公司。可是我是萬年課長，只能當你這種銀行空降部長的下屬。也就是說，在社長眼中，我的重要性就只有這種程度。像這樣的員工要是對社長提出太多意見，你也知道下場會怎麼樣吧？」

野田開始表現出與平常不同的態度，讓近藤突然覺得能夠感受到他的苦衷。

「我也對社長提出過建言。」野田懊惱地避開視線。「他對我說，『你只要照我說的去做就行了』。我在這家公司工作了二十年，一直都是課長，就像釘在柱子上的釘子，你懂嗎？掛在柱子上的月曆每年都會更新，可是我卻沒有任何改變，直到有一天因為生鏽被拔出來之前，都只能停留在這裡。像這樣的人生，你應該沒辦法想像吧？」

「人生是可以改變的。」

野田單調的眼中閃過一絲驚愕。近藤繼續說：「但這是需要勇氣的。現在的你，是個徹底展現畏縮上班族本性的齷齪歐吉桑。比起說『NO』，說『YES』簡單多了。可是如果我們上班族只能說『YES』，工作就會變成乾枯乏味的東西。」

近藤忽然又感覺到心頭熱熱的，不禁咬住嘴脣。

他想起當年自己受到期待，獲拔擢為設立新分行的準備委員。直到今天，他仍舊沒有忘記獲得任命時澎湃的喜悅。這種堪稱天真的情感，和後來體驗到的地獄般的日子形成莫大對比。

不論如何努力，業績都無法如願提升。每天他都走遍分行的負責區域，鞋底幾乎磨破，而他內心重要的部分也日漸磨損。在每天早上營業前的業績討論會上，他總是被急於立功的分行長怒叱，最終遭到厭惡疏遠。到最後，不論別人對他說什麼，他都只能回答「是的」。原本是有所堅持而喜愛的工作，卻變得好像灰色的沙丘，只能依照別人吩咐，用杯子撈起沙子又埋起來——他只剩下如此無意義的每一天。

他也曾經想過把工作放在第二順位，只要享受休閒時間就好了。然而放棄占據一天一半以上時間的東西，等同於放棄一半的人生。不論是誰，如果可以的話應該都不願意如此。沒有比隨便敷衍的工作更無聊的東西。值得把人生花費在這種無聊的工作上嗎？

「總之，這件事——」近藤拉回原來的話題，用原子筆敲敲翻開的總分類帳頁面。「我打算調查到滿意為止。不論社長說什麼，只要不確定預定還款時間，我就要把借給拉法葉公司的三千萬日圓當作『非常損失』處理。」

「稅務上沒辦法當作損失處理。」

「那是稅法上的問題。」近藤駁回野田的反對。「我在談的是企業會計的問題。不確定能不能收回來的貸款，不能大剌剌地列為資產。我不容許這麼遲鈍的財務報表。」

野田無法回答，只能閉上嘴巴。

第六章　摩艾像看到的花

1

渡真利主動邀請半澤，問他能不能談談。時間接近晚上十一點，大半行員仍舊留在辦公室。

「有件事必須讓你知道。這是很重要的事情。」渡真利的口氣顯得很迫切。

三十分鐘後，他們在行員專用出入口前會合，搭計程車前往位於飯倉片町的酒吧。這家店沒有掛出招牌，店內只有一名客人在吧檯座位喝酒。

他們對認識的酒保打過招呼，選了只有一盞小燈照亮餐桌的座位。

「融資部企劃組的人員不知道在幹什麼。」渡真利等酒端上來之後才開口。「聽說大和田先生命令他們研究伊勢島飯店的案子。常務搞不好想要把伊勢島從第二營業部轉到其他部門來承辦。」

渡真利提出融資部企劃組次長福山啟次郎的名字。半澤聽過這個名字，他舔了杯中的波本威士忌。

渡真利臭著臉說：「雖然不想承認，不過那傢伙很精明能幹。他在東京第一銀行時代，似乎在大和田常務底下待了很久。」

「也就是說，他就是我的繼任人選。」半澤說完，以滿不在乎的表情把下酒菜放入嘴裡。

「你不在意嗎？還擺出一副悠閒的樣子。」

「外野座位和包廂都有很多囉嗦的傢伙，不過他們所在的地方終究是觀眾席。我哪能對觀眾的謾罵一一回應？」

「是嗎？那就好。話說回來，前幾天我為了其他案件，有機會和白水銀行的板東先生面談，聽到有趣的話題。」渡真利說，「他說黑崎應該不知道納爾森公司的業績。」

半澤停下端起酒杯的手。

「他說白水銀行在上次金融廳檢查時，並沒有發現納爾森的業績狀況，所以黑崎不可能是在白水銀行的金檢中知道這件事。事實上，白水銀行是在金檢後才知道納爾森有破產危機。順帶一提，他們對納爾森的貸款被承認為正常債權。」

「那倒是滿奇怪的。」半澤喃喃地說。

渡真利小聲問他：「黑崎會不會有其他情報來源？ＡＦＪ的例子也一樣。或許這就是那傢伙的伎倆。」

如果是這樣的話，就能理解他為什麼能找到AFJ銀行的疏散資料了。渡真利繼續說：「半澤，你打算怎麼辦？你跟黑崎的對決是在明天吧？已經沒有時間了。你要承認納爾森的狀況、向他道歉嗎？」

「我不會向他道歉。」半澤很快地回答。「現在需要的是盡可能多一點的時間。」

「那你打算怎麼辦？裝傻嗎？」

「目前只能這樣了。」半澤若無其事地把酒杯端到嘴邊。

「你這傢伙還真是目中無人。就照你的想法去做吧。不過啊，你沒辦法一直裝傻下去。必須趕快找到解決方案，要不然——」

渡真利沒有說出接下來的話。

2

和黑崎進行的第二次資產評定會議，在半澤與渡真利見面的第二天下午兩點開始。

半澤和小野寺在東京中央銀行的會議室坐在一起，面對以黑崎為中心的三名金檢官。銀行方面照例還有木村與他們同席，板著臉坐在半澤旁邊。

「關於上次納爾森公司的問題，我們並沒有確認到它即將破產。」半澤採取先發攻擊。「該公司的確在收回大宗客戶西方建設帳款時遇到麻煩，不過並沒有正式情報顯示他們將向法院申請破產。」

「正式情報？」黑崎嗤之以鼻。「得到正式情報就太遲了吧？你們至少也確認了，西方建設的帳款確實一直沒有收回。而且伊勢島飯店應該也有外調到納爾森的員工，透過那個人收集到的情報，伊勢島經營階層想必已經掌握正確資訊。在這樣的情況下還辯稱沒有確認，根本就說不通。」

黑崎抓住機會，滔滔不絕地繼續說：「另外像這些準備拿來當非常利益的繪畫，也可以看作是會長公私混淆，有挪用銀行資金的嫌疑。而且到現在才拿出這種東西，這家公司未免太隨便了。到底是怎麼管理的？貸款給這樣的公司，真的收得回來嗎？」

「這些畫不是突然出現的，只是一直不肯賣而已。」半澤以鎮靜的聲音反駁。

「實際上還沒有賣掉吧？」

聽到黑崎反駁，半澤不禁失笑。

「納爾森公司實際上也還沒有破產吧？真的會破產嗎？伊勢島飯店的繪畫和土

地已經在拍賣了，可是納爾森已經進入破產程序了嗎？還沒有吧？就算無法收回帳款，納爾森或許也還有可處分的剩餘資產。」

半澤當然也大致預期到納爾森會破產。他此刻這麼說，只是為了在交涉中盡量搶到上風並拖延時間。

憤怒的黑崎臉頰像快死掉的魚一般抽搐，彷彿可以聽見他咬牙切齒的聲音。半澤繼續說：

「身為金融當局的人員，竟然任意說出一般企業的破產情報，未免太欠缺常識了吧？」

「半澤次長，請你不要搞錯。我是為了指出你對伊勢島業績理解不足，才特地披露納爾森公司的情報。反倒是你應該跟我道謝吧？」

半澤冷冷否定他：「這終究是尚未確認的情報，不是嗎？根本就不值得感謝，只會造成困擾而已。伊勢島飯店本年度的業績會轉虧為盈。這點就如營業計畫書上寫的，應該沒有任何問題。我不知道你是透過什麼管道得到情報，可是請不要憑未確認的情報主張伊勢島會虧損。」

在銀邊眼鏡後方，黑崎的雙眼明顯燃起歇斯底里的怒火。

「哦？那麼下次我就來出示納爾森會破產的根據吧。不過在那之前，先來解決今天能夠討論的部分——如果納爾森破產了，伊勢島飯店的投資損失就不可避免，這點沒問題吧？他們有辦法填補這項損失嗎？」

半澤不知道黑崎要拿出什麼證據證明納爾森會破產，不過很明顯，黑崎想要讓半澤在他拿出證據後失去退路。

半澤回答：「這是很重要的事情，我無法回答假設性的提問。」

「身為承辦人員，應該要考慮將來可能發生的事情吧？對不對，木村『課長』代理？」

「您說得沒錯。」木村「部長」代理表示同意。他用手帕擦拭額頭，然後瞪了半澤一眼。「還有，我不是課長代理——」

「半澤次長，你說呢？」黑崎完全無視木村，詢問半澤。

半澤回答：「假設納爾森公司破產，伊勢島飯店當然還有挽回劣勢的方式。」

黑崎追問：「你是說，還有剩餘資產？」

「不，是更徹底的做法。」

「徹底？」黑崎和旁邊的金檢官交換視線。「我先說好，像收買納爾森這種救濟方案，可是行不通的。」

黑崎或許是想要減少半澤的選項才這麼說，但是——

「收買？」半澤端詳著黑崎的臉，眼中浮現疑問的漣漪。黑崎會不會知道大和田提議的收買方案？

「怎麼可能。這種方案完全不在我的考慮當中。」

他已經知道黑崎的情報來源絕不可能是白水銀行，那麼黑崎究竟是從哪裡……

「是嗎？」黑崎似乎不相信。

「伊勢島飯店不可能收買納爾森。這是最糟糕的策略。」

「哦？這話怎麼說？」黑崎像傲慢的貴婦般交叉雙臂，翹起鼻子。

「我沒有理由在這個場合說出來。話說回來，我還真沒想到你竟然會不知道。」

三名金檢官銳利的視線射向半澤。「喂，半澤——」木村只說到這裡就閉上嘴巴，表情變得蒼白。

「半澤次長，你可以說明得更清楚一點嗎？」

半澤回答：「納爾森公司有不能被收買的理由。這件事關係到經營基礎，所以我只能說，這項內容不能告訴無法保守職業祕密的人——也就是像你這樣的人，黑崎先生。」

在兩人充滿敵意的互瞪當中，半澤可以感受到黑崎的憤怒達到顛峰。

「那是什麼態度！」黑崎把握在手中的文件狠狠摔在地上。他看到出現在辦公室的身影，便喊：「島田！你過來！」

身材健壯的這名男子迅速上前。黑崎問：「找到了嗎？」男子便歉疚地低下頭說：「還沒有——」

黑崎分配給島田的工作，是搜尋「疏散資料」。

「不可能的！」黑崎以抽鞭般銳利的語調斷言。「那些資料一定藏在某個地方。你要找遍每一個角落給我找出來！一定要徹底搜索，知道了嗎？」

在黑崎怒叱之下，島田再度和幾名夥伴衝出辦公室。

「關於伊勢島的營業計畫書，如果要把他們分類為危險對象，必須要有相當充足的根據——」

原本在排桌子的一名金檢官謹慎地發言。

「這種事我當然知道！」

黑崎心中對半澤的憎惡不斷增長。那傢伙對金融廳金檢官連一絲尊敬都沒有。不論到哪一家銀行，黑崎都會受到最尊重的對待，可是在這裡卻完全不被放在眼裡，甚至遭到嘲諷。這種事絕對不可原諒。

黑崎已經無法滿足於將伊勢島飯店分類為危險對象。

他要以妨礙檢查的罪名，徹底打倒那個叫半澤的傢伙。

為了達成這個目的，一定要找到第二營業部藏匿的資料。

黑崎相當有自信。

他非常清楚，在檢查前藏匿不利資料是銀行業界的惡習。這次除了伊勢島飯店之外，他也看了幾個半澤指揮的第二營業部製作的信用檔案。

這些文件整理得太工整了。

不能被看到的資料一定藏在某個地方。就在這間銀行的某個角落——

「我一定會找出來，你等著瞧吧。」黑崎喃喃自語。「到時候，就是你半澤的死期了。」

3

「我聽業務統括部的人說，木村很激動地向部長報告你跟黑崎的對決。你大概會被叫去問話，最好要有心理準備。話說回來，你這個人應該完全不在乎這點小事。」渡真利怏怏不樂地說。

半澤回應：「大概是挑剔我的態度問題吧？真無聊。」

「你的態度也不是現在才開始變差的。」渡真利露出嘲諷的笑容。「總之，你至少爭取到了時間。問題是接下來怎麼辦。」

「渡真利，有件事我滿在意的。」半澤說出和黑崎對決以來一直掛念的事：「黑崎會不會在本行內部有消息來源？」

「什麼？」渡真利驚訝地張大嘴巴。「這是怎麼回事？」

「黑崎不知道納爾森和黑道有關聯。而且——這是我的直覺——他似乎知道大和田常務要求替換社長，作為同意收買納爾森的交換條件。」

渡真利問：「你有什麼看法？」

「情報來源應該是大和田周邊的人。關於納爾森公司和黑道的關係，就連伊勢島飯店的羽根大概也不知道。會不會是羽根洩露的情報直接傳到黑崎那裡？」

「真的假的？」渡真利瞪大眼睛。「不可能吧？基本上，大和田他們提供情報給黑崎，會有什麼好處？檢查結果有可能會害銀行背負巨額的不良債權。」

「可是這一來就能逼董事長下臺。」

兩人站在職場一角低聲談話。在辦公室的喧囂中，渡真利望著虛空，默默思考。

「這倒是有可能。那個人簡直就是舊派系意識的代表。」不久之後，渡真利緩緩地說。「說實在的，金融廳那些人的行動有些怪異。」

半澤以眼神詢問。

「年輕金檢官在銀行裡的會議室和空房間到處打探。」

「他們在尋找疏散資料嗎？」

渡真利點頭。「如果本行內部真的像你說的，有黑崎的情報來源，那麼黑崎是不是也可能掌握到古里的報告書存在？這一來，黑崎在找的或許就是那份報告。」

有可能。

「半澤，聽好了，絕對不能被他找到。」渡真利的口吻變得格外認真。「伊勢島的案件還沒有輸，可是要是在這種地方被抓到把柄，那就真的——」

「你要說沒有未來吧？」這是渡真利慣例的說法。「不過啊，渡真利，仔細想想，我們好像也沒有必須這麼拚命守護的未來。」

「有。」渡真利很果斷地回答。「我們如果離開銀行，就沒辦法報仇了。」

「報仇？你要對舊東京那群人報仇？」

「才不是！」渡真利臭著臉回答半澤的玩笑話。「我最近常常在想，我們的銀行員生活到底算什麼。」

半澤沉默不語。

「我到現在還會想到泡沫時期進入銀行的事。你跟我、近藤、苅田，還有——」

「押木。」

茹田和他們同梯，被調到關西地方；押木則在九一一恐攻事件中下落不明。

「押木是個好人。結果他在銀行業績跌到谷底的時候死了，沒機會看到現在銀行業界景氣終於好轉。可是不只是押木，我們這些泡沫時期入行組就像是地下鐵組，一直行駛在黑暗的經濟隧道。」

渡真利的言論變得慷慨激昂。「但是這並不是我們的責任。真正的原因，應該是泡沫時期以毫無分際、橫衝直撞的經營策略帶銀行瞎闖的那些傢伙——就是所謂『團塊世代』（註7）那群人。他們在學生時代高喊全共鬥（註8）、革命之類的口號，結果到後來屈服於資本主義，進入公司之後就停止思考，根本就是軟腳蝦。就因為那些傢伙愚蠢的戰略，害銀行進入不景氣的漫長隧道。可是他們不僅不負責任，還大剌剌地領巨額退休金；而我們卻被奪走主管職位和升遷機會，到現在還只能辛勤打拚。」

渡真利難得以熱切的眼神看著半澤。半澤從來不知道渡真利懷有這樣的想法，內心頗為驚訝。

7　團塊世代——指日本戰後嬰兒潮（一九四七—一九四九）出生的人。

8　全學共鬥會議的簡稱。一九六八至一九六九年日本各大學內部的學生運動組織。

「要是我們現在被銀行趕出去，那就自始至終都得不到報償了。我們這些泡沫時期入行組不是來替團塊世代擦屁股的。有些蠢蛋到現在還死賴在銀行裡，在那邊吵什麼舊東京、舊產業，把派系意識表露無遺。我們要徹底打敗那些傢伙，憑我們的雙手喚回真正的銀行經營方式。這就是我說的報仇。」

「再過十年，他們都不在了。就算什麼都不做，泡沫時期世代也會掌握經營中樞吧？地下鐵終究會回到地面上。」

半澤以悠閒的口吻回應，但渡真利卻反駁：

「那是為了進入車庫吧？要知道，他們可以決定讓泡沫組的哪些人坐上董事職位。團塊世代會拔擢他們中意的人。你能接受嗎？你該不會以為自己受到大家喜愛吧？」

「我才不在乎別人怎麼看我。」半澤巧妙地閃過這個問題。「只能憑自己的腦袋思考，相信自己認為正確的事，並且堅持到底。」

「即使結果會遭到莫名其妙的報復也沒關係嗎？」

「是我們自己選擇這樣的組織。」

半澤這麼說，渡真利便「啐」了一聲，閉上嘴巴。

「渡真利，沒有力量回擊的人，就沒辦法在這個組織存活下去。不是嗎？」

渡真利沒有回答，不過他應該也想起來，他們銀行員的人生就是這樣的反覆。

渡真利提到的報復在次日實現。半澤被業務統括部長找去問話。

半澤走進部長室內，岸川便緩緩從窗邊走過來，焦躁地嘆了一口氣。他照例一副自以為是的態度，令人很受不了。

「你到底在想什麼？」岸川劈頭就這麼說。「我得到報告，聽說你昨天和金融廳面談的時候，說出本行行員不應有的言論。今天早上，金融廳方面也對董事長提出嚴重提醒。」

「嚴重提醒？」半澤不禁失笑。「那是什麼樣的內容？」

「他們指摘承辦次長採取不合作的態度。就是指你，半澤。」

「我並沒有採取不合作的態度，只是糾正對方錯誤——」

「不用多說了！」岸川以憤怒的表情面對半澤，斬釘截鐵地說。岸川恰巧屬於團塊世代，因此半澤腦中閃過渡真利的批評。半澤刻意封印這個記憶，默默地直視對方。

「大和田常務也很生氣。要是因為一個次長不適當的態度，導致本行整體的印象變差，那會很麻煩。也有人主張要考慮對你做出處分。」

岸川雖然沒有明說，但很明顯是受到大和田指示。大和田打算利用這次檢查調走半澤。報告書的事，京橋分行的貝瀨應該已經告訴大和田了。半澤的存在對他們而言很礙事。

「在檢討我的態度之前，金融廳的態度又如何？」半澤感到很蠢，便如此回答。「他們提出未經確認的信用情報，對本行提出的文件總是採取批判性的解釋，根本一開始就打算把伊勢島分類為危險對象。檢查前就放話說要針對伊勢島飯店也很有問題。那位金檢官的做法，可以說是假借金融主管名義在欺負銀行。」

「你這個人實在是太誇張了。」岸川怒目大吼。「對方是金融廳。你以為這種說詞行得通嗎？」

就如大多數銀行董事，這裡又有一個在僵化組織中忘記如何正確思考的人物。半澤理解到，這傢伙的腦中只有地位高低的單純構圖。他在銀行內要威風、以菁英自居，但面對官署時卻卑躬屈膝。

「就是因為這樣，才會讓金檢官擺架子。」半澤冷冷地說，「如果因為我的態度造成問題，我當然會負起責任。這一點我上次也說過了，請這樣轉告大和田常務。」

「你還真自大。」岸川以充滿輕蔑的口吻說。「你一個人的去留對本行有什麼價值？根本一點意義都沒有。如果你以為這樣就算負責，那才叫搞不清楚狀況。」

他們之前強硬指派半澤擔任承辦人員，現在竟然好意思說出這種話。

「那就請盡快更換承辦人員吧。」半澤以毫不在乎的表情直言。「乾脆讓大和田常務引以為傲的融資部企劃組來承辦如何？可以轉告大和田常務，請他不要暗地裡偷偷摸摸運作嗎？身為常務的人，怎麼可以拘泥於派系觀念？」

「你在嘲弄常務嗎？」

「當然不是，應該說是建言才對。岸川部長，這種事原本應該要由你來說吧？只會諂媚常務、聽命行事的部長，是無法改善組織的。金融廳檢查對策也一樣。如果檢查對策只是避免違逆對方，根本就等同於沒有對策。」

半澤瞥了一眼岸川因憤怒而顫抖的手，站起來說「我要說的就是這些了」。

「等等！」

半澤聽到怒吼聲停下腳步。

「你既然這麼說，應該有勝算吧？」

「現在還無法奉告，不過的確有勝利的可能性。」

岸川吸了一口氣，問：「你要用什麼方法？」

「這點我無法奉告。」

「為什麼？」

半澤直視對方說：「因為這是祕密。」

「別開玩笑！為什麼連身為部長的我都不能知道？」

「岸川部長，你是銀行員吧？身為銀行員，有時必須絕對保守機密。」

岸川的表情混雜著憤怒與困惑。這時有人敲門，祕書帶領另外的訪客進來。

進入室內的是業務統括部的木村，以及另一名身穿黑色西裝的高個子男性。

「這位是金融廳的島田金檢官。」

木村介紹來客，但島田沒有打招呼，只是面無笑容地看著半澤。

「金融廳提出請求，希望能去看看你家。」

「我家？」

這項請求相當突然。

「有什麼問題嗎？」

「有很大的問題吧？」半澤將銳利的視線射向木村。「木村先生，別人說要看看你家，你就會乖乖給他們看嗎？理由是什麼？」

「金融廳對妨礙檢查的行為變得很敏感，質疑承辦伊勢島飯店的貴部門也有藏匿資料。」

這種事應該由你來阻止吧——半澤忍住沒有說出這句話，瞪著木村說：

「沒有那種東西。如果要看我的住處，請去申請搜索票。」

「半澤，你聽我說。」坐在扶手椅上的岸川探出上半身。「畢竟有先前AFJ銀行的例子。要是你家什麼都沒有，他們就會相信了。這樣不是比較簡單嗎？」

換句話說，岸川也同意這種做法。

「別開玩笑。我沒有聽過這麼蠢的事。」

島田開口說：「這不是強制性的，但是希望你能配合。」他的口吻簡直就像刑警。

「配合？真好笑。你們什麼時候變成警察了？金融廳連銀行員的私人生活都要干涉嗎？」

「那要看對象。」

島田以傲慢的態度這麼說。他雖然是個二十幾歲的年輕人，卻已經具備憑恃主管機關權勢的可憎態度。

「那就請你說明吧。如果要求看我家，至少要給我可以接受的理由。」

「本廳懷疑你藏匿資料，妨礙檢查。」島田以審視犯人的眼光盯著半澤。「銀行內部有人檢舉，說你管理的第二營業部有資料被藏起來。」

「內部檢舉？」

半澤直盯著島田的臉。從這張長方形的臉看來，這傢伙的祖先一定是復活節島的摩艾像。

半澤緩緩地轉向岸川問：「這是真的嗎？」

業務統括部長迴避視線，只含糊地回答：「金融廳方面似乎得到了這樣的情報。」

「太蠢了。我才不相信有這種內部檢舉。」

「你怎麼想都不重要。」島田駁斥他。「半澤次長，我們也不想做這種事。不過有句話說，無風不起浪。我們並不是對你家有興趣，而是關心可能藏在那裡的資料。」

「我已經說過沒有那種東西了。」

「半澤，你也不用想太多。」

木村以格外輕鬆的態度說出莫名其妙的話。什麼叫不用想太多？半澤瞪著木村的雙眼，在他眼中看到對自己執拗的怨恨。

島田傲慢無禮地說：「你以為我們高興做這種事嗎？金融廳也很遺憾必須採取這種措施。不過既然有內部檢舉，本廳也不能不去調查。你意下如何，半澤次長？」

什麼叫「很遺憾」？真蠢——半澤心想。

金融廳和銀行原本一直保持若即若離的關係。金融廳檢查時雖然會提出批評，但是對於銀行「準備」好幾個月來應付原本應該是突襲的檢查，卻是睜一隻眼閉一隻眼。簡單地說就是鬧劇。

最近ＡＦＪ銀行的「疏散」資料被發現之後，新聞報導得好像是金融廳的功勞，但是在知道內情的人眼中，沒有比這個更滑稽的事。不知道是被發現的一方比較蠢，或是直到現在才找到藏匿幾十年的資料、在那裡洋洋得意的一方比較蠢。

「既然你都這麼說了，那就請便吧。」

半澤不高興地這麼說，但島田連句道謝的話都沒有。

「是嗎？那麼希望現在就可以過去。」

「現在？」

金融廳的用意很明顯。如果資料被藏在家裡，他們不打算讓半澤有時間移走資料。

半澤說：「很遺憾，我有預定工作，現在沒辦法外出。不過既然是這樣的情況，應該不需要我跟去。木村先生——」半澤轉向坐在扶手椅、面帶惡毒笑容的部長代理。「可以請你代替我過去嗎？我現在就打電話回家。」

「要我去？」

木村面對預料之外的發展，露出困惑的表情，但很快就明白只有接受一途。檢查對策原本就是業務統括部的工作。

半澤拿起茶几上的電話，按下自己家裡的電話號碼。

三人都緊盯著半澤的表現，觀察他是否有絲毫慌亂的態度。

在場的所有人顯然都相信，半澤把資料疏散到自己家中。

回鈴音仍舊在響。

半澤看看手錶。九點十分。正當他懷疑花不在家時，就聽到她的聲音：「喂，這裡是半澤家。」

4

「這次我真的以為萬事休矣。」

渡真利說完，拿起服務生端來的啤酒杯，津津有味地喝下啤酒。這裡是新宿站西口附近的居酒屋。時間已經過了晚上九點。

根據渡真利的說法，在得知金檢官將目標鎖定在半澤家時，幾乎所有人都覺得「這下完了」。

因為在東京中央銀行，往往會將不利檢查的資料搬到融資課長等主管家中。

根據事後花打來的電話，金融廳的金檢官連兒童房、壁櫥、汽車行李箱都要求檢查。

花怒氣沖沖地說：「那群人到底是怎麼搞的？一副很跩的態度跑到別人家到處亂看，然後連一聲謝謝或對不起都沒說，一點常識都沒有！那就是金融廳的態度嗎？」

半澤說起這件事，渡真利便發出苦笑。

「那正是金融廳的態度吧。」

「話說回來，我還以為至少你會相信我。」半澤用嘲諷的口吻這麼說，渡真利便雙手合十向他道歉。

「可是就算我想要相信你，畢竟這是內部檢舉；消息如果是從第二營業部傳出來的，不管是誰都會覺得這下慘了。」

「我猜所謂的內部檢舉只是金融廳的藉口。」

渡真利驚訝地問：「什麼意思？」

「也就是說，這是他們為了搜索住處編出來的理由。」

「看來那個叫黑崎的金檢官真的很討厭你。」

「我寧願被他討厭，也不要被他喜歡。」

渡真利說：「我有同感。他大概想要找出疏散資料，無論如何都要導向妨礙檢查的結論。他大概是沒有把握用伊勢島飯店的案件扳倒你，所以就想用另一招徹底把你打敗。那傢伙真是爛到極點。」

「他也去找過京橋的貝瀨家吧？」

「嗯。聽說你有警告過他們。舊東京的人事後得知，都鬆了一口氣。這一來就賣他們一個人情了。」渡真利露出得意的笑容。

半澤事先就猜到住家會成為搜查對象，因此暗中聯絡貝瀨，叫他不論如何都要把疏散資料移到非相關人員家中或倉庫。

「你預測得真準。不過你是怎麼猜到的？」

「我跟東京經濟新聞的記者聊天的時候，聽到這方面的消息。」

這個名叫松岡智弘的記者是在前天來訪。松岡自稱負責採訪金融新聞，對於伊勢島飯店在這次金融廳檢查成為焦點很感興趣。

當時松岡提出了半澤沒有預料到的問題：「那位黑崎金檢官的目的，真的只是要把伊勢島飯店分類為危險對象嗎？」

半澤原本只回答些制式內容，聽到這個問題突然感到在意，仔細端詳對方。

「這話怎麼說？」

「聽說黑崎的父親曾經在大藏省銀行局工作，因為被產業中央銀行陷害而降職。不過也只是聽說而已。接下來是我個人的猜測：也許那個人真正的目的不是伊勢島飯店，而是要把東京中央銀行逼到絕路。還有，我聽跑金融廳新聞的同事說，黑崎在廳內發言時提到，這次檢查不惜搜查行員的住處。這件事請不要告訴別人。」

半澤不禁盯著年輕記者的臉。

「就算這是真的，也不應該在檢查中帶入私人恩怨。」

由於對方是報社記者，因此當時半澤只說出範例般的回答，不過松岡的情報很清楚地暗示了黑崎的下一步。

「黑崎不斷顛覆過去金融廳檢查的常識。他們之所以一直假裝沒看到疏散資料，是因為如果去調查，金融行政就無法成立了。」

渡真利也點頭說：「金融廳也有表裡不一的地方。雖然是站在主管官署的立場，但終究是彼此串通的業界。」

「沒錯。」半澤說完，隨意點了菜單上的料理，然後再度轉向渡真利。「以突襲為前提的檢查行程之所以會事先洩露，是因為如果真的有問題，官方也會很傷腦筋。通常在金檢中頂多提出無傷大雅的指點，對於會造成致命傷的部分則假裝沒看到，可是黑崎卻完全無視於這樣的慣例。要是他找到藏匿的資料、舉報第二營業部妨礙檢查，就可以乘勝追擊，把伊勢島飯店分類為危險對象，透過業務改善命令還能逼退董事長。」

「他真的是恨之入骨了吧。一心想要復仇，還真令人感動到掉眼淚。」渡真利擺出驚嘆的表情。「既然知道這件事，就更不能輸給他了，半澤。」

5

「沒找到？」

當天傍晚，黑崎在東京中央銀行總部大樓劃分給金融廳的樓層，露出非常不高興的表情。

「有好好找過嗎？我不是說過要徹底搜查？」

「很抱歉，可是——」島田摩艾像般的臉上露出困惑的神情。「我找遍半澤家的每一個角落，都沒有找到任何資料。屋子裡當然都找過了，甚至還搜索倉庫和汽車內部——」

在隨行的木村與半澤夫人旁觀之下，調查進行了將近一小時。

「喂，你等一下。」

一無所獲的島田正要走出大門的時候，半澤夫人叫住他，以充滿憤恨的眼神瞪著他銳利指責：「你未免太沒常識了吧？」

半澤的妻子從頭到尾都旁觀搜查行動，但老實說島田完全沒有把她放在眼裡，直到此時才好像首度發現她的存在。他原本以為銀行員的妻子和銀行員一樣安靜無聲。

「我不知道這是金融廳的工作還是什麼，不過既然會侵犯到個人的隱私，就應該遵守一定的禮儀吧？可是你這人是怎樣？在屋子裡到處亂翻之後，連個像樣的招呼都不打就要走了？是怎樣？你說話啊！」

「那、那個——太太，這是……」

「你給我閉嘴！」

花嚴厲地打斷不知所措的木村，燃燒怒火的雙眼看著島田。

「這是金融廳的檢查。」

「那又怎樣？別跟我開玩笑！」半澤的妻子以凶狠的表情瞪著島田。「我先生是銀行員，在立場上或許沒辦法說什麼，可是我是一般市民，想說什麼就說什麼。像你這樣的人，當公務員或許行得通，可是在外面社會絕對行不通！公務員耍威風的社會一定會滅亡。怎樣，你說說話啊！」
島田被她的氣勢震懾，不禁脫口而出：
「對、對不起。」
他只說了這句話，就把場面交給木村，宛若逃亡般離開半澤的公寓。
島田苦澀的回想被黑崎不耐的咂嘴聲打斷。黑崎憎惡地皺起眉頭。
搜索貝瀨家的結果也同樣沒有收穫。
貝瀨方面，明明已經掌握住處藏有疏散資料的「確實」情報，仍舊一無所獲。
面對意料之外的結果，黑崎心中湧起困惑與憤怒。
他們被搶先一步。唯一的解釋方式，就是銀行方面猜到黑崎的行動，因而採取因應對策。真是一群狂妄的傢伙。
那些資料一定藏在某個地方——
黑崎拿出手機，撥了儲存在手機中的號碼。
「伊勢島飯店的事務負責人是你嗎？」
晚上十二點多，有人過來詢問。

為了製作金融廳檢查所需文件而加班的小野寺抬起頭，看到一名男子站在自己的辦公桌前方。

這個人是融資部企劃組次長福山啟次郎。小野寺是第一次見到他，不過之前聽半澤提過他的名字。大和田常務就是安排福山去研議伊勢島飯店重建方案。在號稱大和田人脈的舊東京派系當中，他似乎也被視為年輕行員中的領導者。

業務統括部的木村不久前才打電話來說：「福山次長要過去，請你讓他影印資料。」

由於半澤不巧已經回家，因此小野寺尋求在場的副部長三枝許可，剛剛得到「隨便他們」的不耐回應。

小野寺問：「需要什麼樣的資料？」

「應該有今年三月製作的營運資金相關筆記吧？」

小野寺聽了不禁瞇起眼睛。那是時枝寫的筆記，上面記載對伊勢島飯店的業務策略。雖然被金融廳看到也不會有問題，但畢竟不是有利的資訊，因此在和半澤討論過後，就從檔案中抽走了。也就是說，在疏散資料當中。

「那份資料不在這裡。」

「疏散了嗎？」問話的是木村。「在哪裡？可以帶我們去找嗎？」

小野寺猶豫著是否應該同意。然而對方是行內的人，更何況負責金融廳檢查對策的業務統括部部長代理也在一起，應該沒有隱瞞的理由。小野寺小聲嘆了一口氣，然後站起來。

「我來帶路吧。」

三人走出第二營業部的辦公室，坐進電梯。他們先到總務部拿鑰匙，然後前往地下二樓。

「喂喂喂，竟然藏在這種地方！」

不久之後，宛若洞穴般空曠的室內迴盪著木村失控的叫聲。

6

「你得到情報了嗎？」

再過幾天就要與金融廳第三次面談的某個下午，戶越打電話來，以緊張的聲音這樣問。

「沒有——該不會是納爾森公司吧？」

半澤察覺到狀況，在辦公桌前做好心理準備，將看過的傳票蓋章後拎起來丟入已批閱箱。

「他們終於撐不下去了，大概今天就會向東京地方法院提出破產申請。聽說消息靈通的債主已經湧到公司。」

「負債總額是多少？」

「據說不下四百億日圓。聽說目前開發中的系統會連同電腦工程師一起移到其他公司，可是不知道會是什麼時候，甚至也不知道能不能實現。」

該來的日子還是來了。小野寺以不安的神情看著半澤。

「下一次和金融廳面談是什麼時候？」

「三天後。這次想必是最後一次。」

電話另一端傳來「啐」的聲音。

「這個時間點太糟糕了。怎麼辦？」

就連半澤也答不出話來。

伊勢島飯店的湯淺還沒有聯絡。

再這樣下去，一定會被分類為危險對象。半澤腦中浮現黑崎得意洋洋的笑容，也想起東京經濟新聞的記者松岡說過，黑崎大概和銀行有個人恩怨。

可惡的傢伙。

「老實說，形勢相當不利。」半澤深深吸了一口氣之後回答。
「拜託想想辦法吧。」戶越的聲音幾乎像是在哀求。「伊勢島現在只能依賴你了。」
「不對，戶越先生。」半澤以祈禱的心情說。「現在能夠拯救伊勢島的不是我。」
戶越若有所悟，在電話另一端沉默不語。半澤繼續說：「現在的伊勢島如果還有救，能夠拯救它的人也只有湯淺社長。」
「這樣啊……」過了片刻，戶越回答。「也對。公司就是這樣。」
半澤說：「沒錯。決定公司該怎麼做的不是銀行，而是社長和經營階層。我相信湯淺社長一定能辦到。」
現在只能等待。持續等待——不論等待的過程如何難受。
半澤和戶越通完電話之後，渡真利的電話立刻打來。
「剛剛白水銀行的板東打電話給我，說納爾森終於申請破產了。你得到情報了嗎？」
「嗯，剛剛戶越先生打電話來告訴我。」半澤靠在椅背上，用拳頭按著額頭。「我本來希望設法撐到金融廳檢查結束……」
「這一來黑崎的形勢立刻就變得有利了。可惡。」渡真利懊惱地咒罵，接著又說：「對了，半澤，有件事我有點在意。聽說今天早上，黑崎和業務統括部的岸川部長面談的時候，很罕見地確認過發現藏匿資料時的處理方式。還有，這次針對伊勢島飯店的檢討會，他也要求董事長參加。這可以說是特例中的特例。目前董事之間還在討論要不要接受。」

「會接受嗎？」

渡真利回答：「應該會吧。我不知道黑崎在想什麼，不過根據在場的人說法，氣氛感覺很不妙。」

半澤問：「怎麼說？」

「金融廳有可能已經發現疏散資料了。」渡真利意有所指地停頓片刻。「該不會是第二營業部的人洩露的吧？」

半澤回答：「不可能。」

「那就好。總之，你得小心點。你應該也知道，他在銀行內部如果有情報來源，有可能從那傢伙口中打聽到負面消息。」

渡真利說完便掛斷電話。

半澤感到有些在意。他放下聽筒之後，繼續思索一陣子，打了一通電話給總務部的朋友，然後把小野寺叫來。

「有沒有人來問過我們疏散資料的地點?」

「你是指金檢官嗎?」

「不是,是銀行內部的人。」

小野寺驚訝地看著半澤。資料的保管地點是半澤決定的,而告訴半澤「有個絕對找不到的好地方」的,則是總務部的橋田。半澤和小野寺一起搬運資料,因此知道地點的除了橋田之外,應該只有半澤和小野寺兩人。

半澤告訴他渡真利先前說的話。

「順帶一提,橋田沒有告訴任何人。我剛剛打電話確認過了。」

「沒有人來問我地點。」小野寺回答。「不過,如果說保管地點洩露出去,應該是昨天或前天左右發生的。」他說完再度沉思。

接著他的表情立刻出現變化。

「昨天晚上次長回去之後,木村部長代理過來,要求看伊勢島的資料。因為是疏散中的筆記——」

「你給他看了嗎?」

「對不起。」小野寺道歉。「我有先問過三枝副部長,他說可以給他們看。聽說是融資部福山次長要整理伊勢島相關報告用的。」

「福山也一起來了嗎？」

「是的。所以我就去向總務拿鑰匙，帶他們兩人過去。」

半澤注視著小野寺的臉，陷入沉思。

他知道木村的經歷。木村年輕時在各家分行工作，後來長年待在融資部負責授信工作，又當了兩家左右的分行長，才得到現在的職位。木村是個草根性強的銀行員，和金融廳並沒有交集。

半澤拿起辦公桌上的電話，打給人事部的人見元也。半澤和人見曾在營業總部一起工作過，彼此的座位相鄰。

「怎麼了？難得你會打電話給我。」

「我想問你一件事。融資部不是有個叫福山的次長嗎？我想要知道他的經歷。」

7

金融廳檢查最關鍵的時刻即將來臨，行內的空氣變得相當沉重。

這是因為納爾森破產的消息轉眼間就流傳開來。負責承辦伊勢島飯店的第二營業部氣氛相當緊繃，所有人似乎都懷抱著無法說出口的不滿。

在這樣的氣氛中，小野寺過來呼喚半澤：「次長，差不多快到開場的時候了。」距離上午十點還有五分鐘。所謂的開場，是指業務統括部下令召開的事前會議。

伊勢島飯店的檢查出現明顯的敗兆。在這當中，第二營業部因為忽略納爾森破產可能性而沒有採取對策，因此飽受攻擊。

業務統括部產生了危機意識，在昨天提出要求，希望在正式檢查之前進行討論。根據渡真利的情報，舉辦這場討論會的原因之一是因為有人批判，不應該將重要案件完全交由第二營業部的次長處理。除此之外，這次討論的另一個用意，想必是業務統括部擔心日後被批評準備不足，因而採取事前的布局。

不過當半澤來到指定的會議室，卻看到意外的人物組合。

除了業務統括部長岸川和木村部長代理之外，融資部企劃組的福山也在場，表情冷淡地和他們坐在一起。

半澤原本以為對方只有他們三人，但是當他坐下時，又有另一個人緩緩走入室內。小野寺的表情變得緊張。

走進來的是大和田常務。大和田表情嚴肅地坐下之後，以低沉的聲音命令：「開始吧。」

木村開口說：「在下次金融廳檢查之前，我們想先掌握第二營業部將以什麼樣的理論架構說明，所以才請你們過來。畢竟對於本行來說，這也是很重要的問題，所以就當作是為正式檢查做準備，盡量深入討論。那麼先請第二營業部說明伊勢島飯店的評定內容。」

小野寺站起來，開始說明伊勢島飯店的評定內容。報告內容以正常債權為前提，但是沒有提及納爾森破產的對策，畢竟在現階段無從處理這個議題。

岸川越聽表情越嚴肅，大和田則從剛剛就一直怒視半澤。

「伊勢島即將連年虧損，可是你們對未來展望的檢討未免太天真了吧？」不久之後，一直默默聆聽的福山提出疑問。他的聲音尖銳而神經質。「經營重建計畫的內容也和上次相同，沒什麼變化。你們打算如何迴避納爾森破產的影響？關鍵部分的討論太薄弱了。」

小野寺回答：「根據後來的調查，業務方面有可能連同電腦工程師一起移轉到其他公司，但是還沒有確定。投資部分恐怕會轉列為損失。雖然會連續兩年度出現虧損，但是如果沒有非常損失，本業方面是獲利的。」

「『非常損失就沒有關係』的想法是行不通的。你以為金融廳會接受這種理由嗎？」

福山冷冷地質問，小野寺便說不出話來。

「基本上，這份經營計畫根本就沒有能夠保證實現的真實感。」福山提出批評。

「半澤次長，你認為呢？」

半澤問：「你說的真實感是什麼意思？是指羅列捏造的數字嗎？」

「就算是捏造的數字也比這個強。」福山也沒有輸。「重點是，伊勢島飯店到底是第幾次提出重建方案？如果有足夠的執行能力可以實現計畫，早就應該重建了吧？到底是誰擬的計畫？是你嗎？還是伊勢島管理階層、或者是無能的社長？」福山的話鋒越來越尖銳。

「半澤，別忘了這是模擬金融廳檢查。」木村從旁插嘴。「優秀的福山次長扮演金檢官。如果你沒辦法回答，下次的面談就由福山次長來代表吧？」

真是無聊的威脅。

「這樣或許也不錯，反正他似乎正在偷偷擬定伊勢島飯店的重建計畫。」半澤感到很蠢，便如此回答。「不過啊，福山先生，沒有實際拜訪過客戶，想要擬定重建計畫根本是痴心妄想。」

半澤緩緩開始反擊。

福山的臉頰抽搐，露出菁英的自尊被嚴重傷害的表情。半澤繼續說：

「這次的伊勢島飯店重建方案是第二次，上次是由京橋分行製作、經過融資部認可的，不是嗎？你們通過了短短幾個月就會出現問題的營業計畫書，卻還說捏造的數字也比這個強，會不會太好笑了？被捏造的數字唬得團團轉的，不就是你們嗎？」

福山氣到發抖，倨傲地瞪著半澤。

「半澤次長，經營的好壞會因為經營者而變化。企業畢竟是人組成的。連這點都不懂，怎麼能夠進行授信判斷？只要同一個人繼續待在上位，就會再次發生計畫無法履行的情況。你連這種事都不知道嗎？」福山的聲音因為興奮而顫抖。「伊勢島飯店只要繼續由湯淺社長掌權，就無法脫離家族經營的窠臼。即使訂了營業計畫，像他那種無能的經營者也無法實現。這種事只要稍微想想就能理解吧？」

「歸根究柢，你們就是想換下湯淺，讓羽根擔任領導人吧？」

半澤這麼說，福山的表情就產生變化。他和大和田互瞥一眼。

「我說中了吧？那麼我想請問你們，為什麼要挺羽根？理由是什麼？」

對於半澤的提問，福山以熱烈的口吻回答：

「讓懂財務的羽根專務擔任領導人，目的是優先進行成本縮減。這是重建公司的常識吧？」

「你該不會想說『縮減成本、降低規模達到收支平衡，就會有盈餘』這種蠢話吧？像這種想法，根本就是不懂企業實際運作的銀行員幻想。」

福山氣得面紅耳赤。半澤繼續說：「伊勢島的成本已經夠節省了。不論是人事費或是設備投資，都只有最低限度。伊勢島飯店虧錢的部門並不多，如果把這些部門裁撤掉，付出額外的遣散費，只會徒增虧損，員工士氣也會低落。像這樣零碎的計畫，根本就是紙上談兵。湯淺社長只是還沒有得到實績，但是他現在想走的方向並沒有錯。他絕對不是無能的經營者；相反地，他非常有能力。問題是他周圍的人，其中最有問題的就是羽根。」

「你以為金融廳會相信這種話嗎？伊勢島之前一直在虧損，照這樣下去連ＩＴ系統開發都會落後。你以為那位黑崎金檢官會認可這樣的領導人嗎？」

「必須要讓他認可才行。」

半澤這麼說，福山便露出得意洋洋的笑容。

「半澤次長，你這是不懂檢查的銀行員一廂情願的想法。為了順利度過這次檢查，必須要提出徹底改革的方案。透過最高層人事異動讓羽根專務當上社長，就是這個方案的重點。」

半澤鄭重地問：「你見過羽根嗎？」

福山沒有立刻回答，隔了半晌才說：「那又怎麼樣？」
「我在問你有沒有見過他。」
「很遺憾，沒見過。可是——」
「沒有見過，你怎麼知道他適合當社長？」半澤打斷福山的話。
「他是伊勢島飯店的大掌櫃，長年待在財務領域。至少他懂得數字方面的問題。」
「福山，如果你是認真這麼說的話，那麼你就是無可救藥的大笨蛋。」
福山被半澤嘲笑，氣到嘴唇發白。
「你剛剛說企業終究是人組成的，可是卻不去見關鍵的人物，單憑先入為主的偏見擬定計畫。你的做法根本就是自我矛盾吧？」半澤一針見血地指出福山的矛盾。
「我、我從大和田常務口中得知羽根先生的想法與人格，所以絕對不會錯！」福山說出很勉強的理由。「關於伊勢島飯店的處境，我也確實打聽過了。並沒有一定要見本人才能了解對方這種道理。」
福山顫抖著臉頰，但他的反駁卻相當空洞。
「哦？指揮伊勢島飯店投資、造成一百二十億日圓損失的，就是羽根先生。還有，捏造數字欺騙銀行、得到兩百億日圓貸款的，也是羽根先生。你信任這種人嗎？我是絕對不會信任的。」

福山感到狼狽，瞥了大和田一眼。常務坐在中央座位聽兩人對話，臉部肌肉明顯變得僵硬。

「欺騙銀行？你到底在說什麼？」

福山質問時，半澤雙眼直視大和田，接著緩緩開口：

「伊勢島飯店隱瞞了投資損失的事實。當時曾經有人檢舉，但是京橋分行卻壓下這件事，直接把案件移轉給法人部，讓法人部通過貸款。」

福山怒吼：「我可沒聽過這種事！」

「當然了。因為我還沒提出報告。這次檢查結束之後，我會好好追究責任問題。」

大和田以鋼鐵般強硬的視線看著半澤。

「喂，半澤，你的意思是，京橋分行隱瞞了損失的事實嗎？」由於話題偏離主題，一旁的木村顯得不知所措。「怎麼可能！基本上，他們有什麼必要做這種事？」

「為了讓伊勢島得到貸款。我今後會查明究竟是誰下達這樣的指示，敬請期待。在那之前，要先來應付金融廳的檢查。」

半澤從正面回瞪大和田的眼睛說完，終於把視線移到福山身上。閒話結束了。

「我再說一次：讓沒見過面的傢伙擔任社長的重建計畫，根本就是垃圾。要不要我來告訴你，為什麼你會犯下這種連笨蛋都不會犯的錯誤？那是因為你沒有在看客戶。」

福山驚愕地抬起頭。

「你總是背對客戶，只看著組織中的大人物，一心想著要迎合他們、得到他們喜愛。像你這種人擬出的重建計畫，一點意義都沒有。因為那不是真心替伊勢島飯店著想的計畫。你的計畫只對自己人有利。如果你以為這樣的計畫能夠重建企業，那就是無可救藥的大笨蛋。福山，你要是想反駁就說說看吧。」

福山滿臉通紅，鼓起臉頰，用力咬著嘴唇。

福山是典型的銀行菁英，一副自以為是的態度，可以看得出他是那種從小上補習班、在雙親過度保護之下被當作「乖孩子」呵護長大的。他或許像機械一般優秀，但是卻不耐打而脆弱。

「關於明天的檢查，我想要聲明一件事。」半澤把視線從福山移到後方的三人身上。「目前沒有人比我們更清楚伊勢島飯店的營業狀況和問題。不論你們有什麼打算，現在最認真思考伊勢島飯店的重建、比行內任何人都更努力要度過金融廳檢查的是我們。我當然也明白，小野寺說明的邏輯還有弱點。你們大可以提出指摘。但是我必須說，只憑膚淺表面的研究來說三道四，根本就是浪費時間。前線的工作，希望可以交給前線人員來處理。這應該是本行的傳統才對。」

說得更清楚一點，這是產業中央銀行的傳統。半澤刻意說是「本行的」傳統，也是在諷刺拘泥於舊派系觀念的人。

「那麼就討論到這裡，可以嗎？」半澤問木村。

木村緊張地窺伺大和田和岸川的臉色，確認兩人都保持沉默。

「半澤，這次金融廳的面談，董事長也會出席。」他以慌張的口吻提醒。「你絕對不能讓董事長丟臉。」

半澤冷冷地瞥了他一眼，和面色凝重的小野寺一起離開。

小野寺在回程的電梯中說：「針對納爾森破產還找不到對策，這一點是事實。老實說，金融廳檢查這一關，不知道能不能撐過去……次長，你認為呢？」

「的確。」半澤在往七樓營業總部下降的電梯中思考。「我也知道，照這樣下去會有些危險。」

然而能夠從根本解決這個狀況的，只有湯淺。

這天下午，半澤在忙於應付檢查的同時，腦中一直縈繞著伊勢島飯店的事。

半澤打了一次電話到伊勢島飯店，想要聯絡湯淺社長，但社長不在。到了傍晚，渡真利似乎感到不安而來訪，但是半澤依舊沒有任何能夠讓他安心的材料，只有時間不斷逝去。

渡真利告訴他，除了伊勢島飯店之外，幾乎所有的檢查都接近完成。「接下來就看你的表現。」他說完這句話就回去了。

「真的要在這樣的狀況下進行最終面談嗎？」

這天晚上開完最後的會議之後，小野寺不安地喃喃自語。

這世上有些事可以憑自己努力達成，有些則不能。這次的情況正是如此。現在半澤能夠做的事，就只有信任湯淺。

晚上十點多，半澤辦公桌上的電話響了。

「伊勢島飯店的湯淺先生打電話來。」

「幫我接線。」

半澤在沉悶的辦公室一角，閉上眼睛等候湯淺的聲音。

第七章　金檢官與祕密房間

1

七月最後的星期一是今年夏天最熱的日子。

連日來都沒有下雨，再加上從早上太陽就火力全開，當半澤上午八點從丸之內的地下鐵出口來到地面時，市中心的街道已經籠罩在炙熱的空氣中。

容易流汗的半澤從口袋拿出手帕擦拭額頭上的汗水，怨恨地抬頭看天空，然後再度向前走。

「檢查結束之後，你得帶我們出去玩。」

今天早上，半澤提到檢查差不多要告一段落，花便立刻這麼說。她的口吻彷彿覺得自己才是受害者。

別開玩笑，最大的受害者應該是我——半澤心中這麼想。畢竟他是突然被找去替換原本的承辦人員，照顧掌握東京中央銀行命運的客戶。

檢查來到最關鍵的時刻。昨天半澤直到凌晨都待在銀行進行最終準備，今天早上回家換衣服，沒有闔眼就出門了。

不論結果是好是壞，和黑崎的對決大概也是最後一次。

輸贏只有二選一的結果。黑崎應該也希望如此，而半澤有義務獲勝，不容失敗。

「如果被分類為危險對象，就不是放不放暑假的問題了。」

半澤邊走邊自言自語。不過他想到屆時花會露出什麼樣的表情，反而覺得好笑。

和黑崎面談的時間是下午一點。

半澤坐在第二營業部自己的座位上，開始閱讀快要從批閱箱溢出來的文件。

雖然看起來和平常似乎完全沒有兩樣，但是在第二營業部的地盤卻瀰漫著難以言喻的緊張感。

半澤檢視了以電腦系統傳送的請示書，找來承辦人員討論細節。他核准了幾家公司的案件，時間轉眼間就過去了。

原本應該已經疲憊到極點，但是他卻幾乎感覺不到疲倦。

然而——

就在他差不多準備要前往會議室時，渡真利打來內線電話，以急切的聲音說：

「喂，半澤，我得問你一個問題：你該不會把第二營業部的疏散資料藏到地下二樓吧？」

半澤握著聽筒，深深吸了一口氣。

「果然沒錯。半澤，這下慘了。完蛋了！」電話另一端傳來近似悲鳴的聲音。

「聽我說，現在金融廳那群人封鎖了地下二樓。你把疏散資料藏到哪裡？鍋爐間嗎？如果是的話，那就真的很糟糕了。」

「冷靜點，渡真利。事到如今，也只能順其自然了。」

「怎麼可能冷靜得下來！」渡真利在電話另一端大吼。「要是被認定為規避檢查，上至董事長的人員都有可能吃上刑事官司。伊勢島飯店被分類為危險對象之後，如果又發生這種事，就是銀行存亡的危機了。」

這時小野寺走過來，低聲說：「次長，時間到了。」

「沒時間了，渡真利。現在掙扎也沒有用。我要掛斷了。」

「喔，好吧。我已經幫不上忙了——祝你好運，半澤。」

半澤穿上西裝外套，走向最後的戰場。

2

會議室瀰漫著堪稱異常的緊張氣氛。

第二營業部的部長內藤、副部長三枝也出席，坐在環繞金檢官與半澤等人對峙的會議桌設置的座位。

當中野渡董事長在開始時間的一分鐘前走進來，氣氛便越發緊張。他坐在半澤右側、剛好可以看到金檢官與雙方的座位。接著金融廳的兩名金檢官也走進來，稍稍鞠躬之後面對半澤等人。然而黑崎還沒有出現。

他應該是刻意遲到的。這個男人的個性實在是扭曲到了極點。

在異常的氣氛中，持續了幾分鐘的沉默。

半澤一副泰然自若的神情，一旁的小野寺則緊張地低頭看手邊的資料。

是否要付出巨額成本，就看接下來的攻防來決定。如果輸了，不僅會成為打擊收益的一大因素，股價也會下跌，嚴重影響銀行的經營。

牆上的時鐘顯示一點五分時，黑崎走進來了。

有幾個人自動站起來，但半澤仍舊坐在座位上，等候金檢官坐下。他沒有必要對遲到的人表示敬意。

「可以開始了嗎？」黑崎沒有道歉，以裝模作樣的禮貌口吻說。

「那麼就由我來說明伊勢島飯店的授信情況，並解釋至今為止的原委。」

在小野寺的說明中，針對伊勢島飯店的最後一次金融廳檢查開始了。然而——

「你不用再說了。」

小野寺說到一半，黑崎就打斷他。「夠了，跟上次沒什麼差別嘛！真討厭，拿出這種東西，太瞧不起人了。」黑崎以不耐煩的口吻說。「老實說，我才不覺得這種計畫可以實現呢！」

黑崎照例以男大姐的口吻說話，綻放強烈的個性。他嘲諷地扭曲嘴脣，把資料扔到桌上。「半澤次長，看這家公司過去的經營計畫達成率就知道了吧？不論是營業額或收益目標，全部都太天真了。全部！」

黑崎特別強調「全部」兩個字。「沒有任何證據可以保證只有這次能夠達成計畫。或者應該說，這根本就只是為了通過檢查而硬編出來敷衍用的。既然伊勢島飯店不太可能提升業績，那麼理應被分類為危險對象，不是嗎？」

「至少本年度的事業都有按照計畫順利進行。如果因為上次沒有達成，就說這次一定也不行，聽起來像是一開始就做出結論的曲解吧？」

半澤發言之後，立刻感受到坐在周圍的行員臉部瞬間凍結。越過黑崎的肩膀，半澤剛好可以看到木村張大嘴巴，眼中隱約浮現恐懼的神色。

「曲解？」

黑崎依舊懶懶地坐在椅子上，臉上的表情消失了。

半澤繼續說：「如果你認為這份計畫不可能實現，請具體指出問題在哪裡，而不是用『上次不行這次一定也不行』這種毫無理論根據的說法來斷定。」

黑崎仍舊沒有提出納爾森的話題。不過或許是因為知道這回事，因此他的表情開始顯得從容自若。

「那麼我就告訴你吧。基本上，營業額的根據本身也很模糊。你有什麼根據說它會實現？」

半澤冷靜地迎戰黑崎的指摘：「根據就如先前所示，現在的業績都有依照計畫進展。如果還是要說根據模糊，實在令人難以理解。」

「就算達到營收目標——」

「徹底檢討成本之後，純益率已經大幅提升。」半澤打斷對方的話。「照這樣下去，可以確實達成利潤目標。」

「我說啊，半澤次長，你不用跟我扯這麼多。我問你，納爾森公司怎麼了？」黑崎終於挑釁地問。他的耐心似乎已經達到極限了。「你之前說我的情報不確實，結果後來呢？你調查過納爾森的情況了吧？現在這家公司怎麼了？你說說看啊！」

「很遺憾，這家公司日前申請破產了。」

黑崎面露喜色，說：「沒錯吧。然後呢？對伊勢島飯店有什麼影響？」他抬起下巴，銀邊眼鏡後方的雙眼流露出高傲的神情。「網路訂房系統沒辦法完成，還能達到這份計畫中的營業額嗎？我都說破嘴了，貴行的資料卻沒有針對這一點做任何說明，真是令人不愉快。這樣難道不算失職嗎？」

木村的表情變得僵硬，原本交叉雙臂旁觀兩人對話的中野渡垂下了頭。

糟糕——

雖然沒有說出來，但所有人想必都有同樣的想法。

在這當中，半澤冷靜地面對黑崎。他直視銀邊眼鏡後方偏褐色的眼睛，然後等到黑崎的發言告一段落，便平靜地宣布：

「納爾森公司破產的影響已經迴避了。」

黑崎緊閉雙脣，表現出警戒的態度。他一邊窺伺半澤的表情，一邊慎重地詢問：

「迴避了？這是怎麼回事？」

「伊勢島飯店將會加入美國福斯特飯店集團資本旗下。」

會議室內一片譁然。這是半澤的王牌。「昨天伊勢島飯店的湯淺社長已經對我私下承諾，也向福斯特表達透過增資接受資本的意願。首次增資額大約是兩百億日圓。同時也會透過業務合作，讓伊勢島飯店加入該公司的訂房系統。這就是接受資本的條件。如此一來，伊勢島飯店不僅可以獲得福斯特的信用與顧客群，也得到比自己從頭建構更具有集客力的系統。」

「你是說，他們要賣身？」意料之外的發展，讓黑崎氣得嘴唇顫抖。「怎、怎麼可能會有這種事！這家公司不是家族企業嗎？而且還是獨裁社長的公司。我才不相信他們會接受收買。」

半澤說：「湯淺社長不是一般的獨裁社長，他是能夠預見未來的聰明經營者。在這次的條件中，即使加入福斯特旗下，湯淺社長仍舊會繼續留任，同時也會從該集團招攬新董事，換掉造成投資損失的羽根專務等幾名董事。除了資本之外也會得到人才，目標是要革新經營方式並強化管理。伊勢島的業績一定會重振。」

「就算增資，虧損還是虧損！」黑崎提出反駁。

「即使如此，無疑也只是暫時性的。而且就算虧損，只要有現金流動，公司就不會倒閉。福斯特是長期債評等ＡＡ的飯店集團。有他們的資金支撐，伊勢島飯店不僅沒有危險，業績勢必也會突飛猛進。歸類為正常債權沒有問題。雖然勞煩你特地指出來，不過納爾森公司破產的事已經完全不用擔心。黑崎先生，還有其他問題嗎？」

黑崎被半澤條理分明地進逼，陷入沉默，宛若泥偶般陰沉僵硬地停止動作。

這時半澤忽然想到松岡說過，黑崎對東京中央銀行有私人恩怨。然而此刻不論是誰都看得出來，黑崎想把伊勢島分類為危險對象的陰謀即將失敗。

中野渡終於抬起頭，注視黑崎的側臉。坐在董事長旁邊的大和田和岸川兩人宛若嵌入牆壁的浮雕般，一動也不動，不知是對半澤的辯駁感到驚訝，或是準備迎接黑崎的反擊。

不過在場的所有人應該都知道地下二樓被封鎖，因此現場氣氛相當凝重。封鎖意味的就是敗戰。

門打開了，半澤熟悉的某人走進來。是渡真利。他慌亂的臉孔彷彿出現了裂痕，就好像即將崩壞的拼圖。

他大概是感到坐立不安吧。

渡真利有一瞬間似乎被室內異樣的氣氛震懾而停下腳步，不過他很快地找到空位坐下。他以祈禱的眼神看著半澤，接著又把嫌惡的視線轉向黑崎。以精明幹練手法對付多家銀行的金檢官，此刻露出被逼到絕路的表情。

然而——

皺起眉頭的嚴肅面孔逐漸變得緩和，從底下浮現的新情感改變了他臉上的表情。緊繃的肩膀放鬆力氣。他斜靠在椅背上，翹起二郎腿，鼓起臉頰吐出細微的氣息。他的雙眼凝視虛空，似乎在思索某件事，接著視線再度回到半澤身上。

「關於伊勢島飯店，應該已經沒有我們不知道的情報了吧？」

半澤回答：「沒有了。」

「哦。如果還有藏匿的資料，現在立刻拿出來吧。這是最後的機會。半澤次長，你說呢？」

半澤沒有回應。

「我知道了。」黑崎簡短地說完，雙手放在桌上霍地站起來。這一刻終於來臨了。渡真利皺起眉頭。

「可以來一下嗎？這件事很重大，所以請董事長也一起來吧。」

中野渡面對惡化的情勢，浮現出不安的表情。一行人走出會議室，前往電梯廳。

黑崎等金檢官、董事長與半澤走進同一座電梯先下樓。

在地下二樓的電梯廳迎接他們的是金檢官島田。島田以嚴肅的表情向黑崎鞠躬，走在他們前方。

「現在要去哪裡？」

對於董事長的問題，黑崎只是揮揮手，沒有理會。中野渡對他的態度感到不悅，但勉強忍住沒有發出怒言。當上董事長之後，中野渡也學會了控制情感的技巧。

黑崎推開樓層角落的鐵門，走入殺風景的通道。這裡是大樓機房等所在的空間。地毯到這裡就中斷了，好幾雙鞋子踩響著地面。

黑崎走了十公尺左右，在一扇門前方停下腳步，從正面直視半澤。

這是鍋爐間。後方傳來騷動聲，只見總務部行員慌慌張張地跑過來。

「打開門鎖吧。」

在黑崎的指示下，插入鎖孔的鑰匙被轉動，隨即聽見門鎖打開的銳利聲響。

「半澤次長，可以請你打開門嗎？」黑崎的聲音中摻雜著憎惡與喜悅。

半澤很平靜地問：「黑崎先生，你帶我們到這種地方來要做什麼？」

「少囉嗦，快點打開！」

黑崎宛若變了一個人般怒吼，聲音迴盪在通道中，留下刺耳的回音。

半澤感覺到所有人的視線都盯著他。

他嘆了一口氣，緩緩地拉開門。

鍋爐的震動聲立刻從室內湧出來，開始吞沒在場的所有人。他們聞到灰塵與油摻雜的氣味。室內很暗。

總務部的行員打開燈，日光燈便照亮塗了厚重水泥的室內。牆上蔓延的鍋爐鐵管彷彿是詭異的血管，日光燈下可以看到細微的灰塵粒子在飛舞。然而此刻所有人注目的不是這樣的室內情景，而是地上排列的一個個紙箱。

黑崎露出勝利的表情，臉上泛起滿意的笑容。

「半澤，這該不會是——」

中野渡的聲音在顫抖。從他背後窺視的大和田瞪大眼睛，似乎忘了怎麼眨眼。

「好了，搬出來吧！」

黑崎下達指示，島田等人便進入室內。

紙箱一個接著一個被搬到走廊上。這些紙箱被布紋膠帶封起來，看不到裡面。

一共有七箱。黑崎以彷彿要舔嘴唇的表情俯視這些箱子。

「好了，打開箱子讓我們看看裡面吧。真期待箱子裡會出現什麼東西。」

黑崎惡毒地露齒而笑，蹲下來撕開第一個紙箱的膠帶，打開蓋子。然而——

當他瞥見裡面的東西，似乎感覺到不對勁，突然停住了手。

箱子裡可以看到紅色與白色的布。黑崎詫異地俯視手邊，用雙手把它拿起來。

「這是什麼？」黑崎發出驚訝的聲音。

出現在鍋爐間燈光下的，是不符季節的聖誕老人服裝。

「騙、騙人！」

黑崎把這件服裝揉成一團丟到地上。半澤身旁的小野寺努力抑制笑聲。

「大家快檢查！」聽到這句話，其他金檢官同時上前打開紙箱。接著出現的是女高中生水手服，上面有康樂股長的名牌，大概是某個低級趣味的部門舉辦宴會表演留下來的。

「走開！」

黑崎推開身旁的金檢官，把紙箱裡面的東西倒在通道上，形成褐色布偶裝的小山丘。麋鹿的布偶頭套滾落到黑崎腳邊。

最後一箱被抬起來，底部被翻到上方，隨著「砰」的聲音，遊戲的小道具滾落到地上。撲克牌散落一地，甚至掉到半澤腳邊。小丑裝傻的笑容嘲諷著在場的金檢官。

黑崎披頭散髮，肩膀上下起伏喘氣。

半澤忍俊不禁地問：「黑崎先生，你究竟想要說什麼？難道宴會的品味太差，也要被下達業務改善命令嗎？」

周圍的人發出笑聲。

黑崎因羞恥而濕潤的雙眼瞪著半澤，四周的人彷彿可以聽見他咬牙切齒的聲音。半澤直視他的眼睛說：

「我們一開始就沒有藏匿資料。只有你在幻想而已。」
「不可能的！」黑崎的怒吼顯得很空虛。「半澤，你到底藏在哪裡？」
「我沒有藏在任何地方。接受現實吧。沒有任何東西被藏起來。」半澤用腳尖輕輕踢了腳邊的紙箱，瞥了一眼不停喘氣的黑崎，又問：「不是嗎？」
半澤把視線從怒氣沖沖的側臉移開，朝著在一旁從頭到尾看在眼裡的董事長說：
「看來黑崎先生好像弄錯了什麼。勞您在百忙之中來到這裡，真是辛苦了。」
董事長原本啞口無言地呆站著，聽到半澤的話才恢復清醒，一副不敢置信的表情瞪大眼睛。
「看來好像是這樣。」
背後的人群分開。董事長踏出緩慢的步伐時，現場緊繃的氣氛變得和緩。
「半澤！」
渡真利舉起右拳。
這是勝利的手勢。
半澤得意地笑了笑，豎起大拇指回應。他轉身背對一群茫然的金檢官，離開地下通道。

3

這一天晚上六點多，近藤大致處理完工作，準備離開公司。

「我先走了。」

沒有回應。野田默默地盯著電腦螢幕，似乎打算假裝沒聽到等他離開。

女員工代替野田說「辛苦了」，近藤便稍稍舉起手致意，然後走出辦公室，來到仍維持白天熱氣的傍晚街道上。

他要前往的目的地是東急池上線沿線的久原。田宮電機「不良債權」的放款對象——拉法葉公司——代表人棚橋貴子就住在久原。如果對方無法還款，至少要設定擔保品。這是貸款的基本常識。如果拉法葉公司沒有資產，那麼可以作為擔保的當然就是社長棚橋的住家。近藤前往久原的理由，就是要調查她是否擁有可作為三千萬日圓擔保的資產。

近藤搭地下鐵到新橋，再搭乘山手線到五反田站。他爬上尖峰時間擁擠的連結道，來到位於高處、俯瞰五反田站前的東急池上線月臺。從這裡前往久原站需時十五分鐘。根據他出門前查閱的地圖，棚橋的家距離車站大約十分鐘左右。

近藤搭的電車行駛在下町的住宅區街道上。車內依舊很擠，不過當轉乘大井町線的乘客在旗之臺站下車之後，擁擠程度就稍微和緩一些。

近藤在久原站下車，往環八線的反方向走出車站。他經過繁忙時間的超市前，走入商店街，展開帶來的地圖，走向三丁目的方向。這一帶在大田區是僅次於田園調布的高級住宅區。從商店街走入巷子裡，就看到矗立著一棟棟豪宅的幽靜住宅區。

不久之後，近藤停在一棟獨棟房屋前方。這是一棟頗大的兩層樓住宅，褐色磚牆圍繞著院子，抬頭可以看到殘留夕陽餘暉的天空，以及附煙囪的鋪石板屋頂。

「喂喂喂，這棟豪宅也太氣派了吧？」

近藤不禁自言自語，不過看到關鍵的門口名牌上的名字，卻發出「咦」的聲音。上面的姓氏不是「棚橋」。他在附近電線桿上貼的番地路牌確認過地址，因此應該沒有錯才對。

「真奇怪。」

近藤在附近四處繞，試圖尋找棚橋的家。

找不到。

他檢視渡真利寄來的拉法葉公司信用調查表。

「嘖，難道是調查表的資料太舊了嗎？」

這種事常常發生。信用調查表的左上角記載著最新調查日期。這是兩年前的日期，棚橋有可能在這兩年當中搬家了。

近藤為了慎重起見，重新搜尋一次，還是沒有看到姓棚橋的住家。他在附近繞來繞去，最後又回到一開始的地點。在比剛剛更昏暗的傍晚光線中，他注視著有煙囪的那棟屋子剪影。

他再次檢視名牌。

這時他腦中響起各個環節連在一起的聲音。

重新檢視之後，他才發現這是他看過的名字。

「不會吧？」

近藤在幽靜的住宅區中央自言自語。

4

「太好了。恭喜。」

渡真利高高舉起啤酒杯，和半澤乾杯。

地點是西新宿的居酒屋。

這兩個月左右緊繃的神經總算鬆弛，氣氛變得輕鬆許多。金融廳檢查在兩天前結束。解決了伊勢島飯店這個最大難題之後，東京中央銀行逃離險境，原本預期會增提巨額備抵呆帳而下跌的股價，昨天也一口氣攀升了。

「話說回來，地下二樓被封鎖的時候，我還以為萬事休矣。黑崎為什麼會搞錯？」

半澤回答：「他沒有搞錯。我們的疏散資料原本藏在那裡。」

渡真利感到訝異，說：「可是那些紙箱裡面只有——」他說到這裡停下來，然後不敢置信地問：「你該不會掉包了？」

「我在地下室被封鎖之前把資料搬出來，拿到花的世田谷區娘家。當時只差一步就要被發現了。不過關鍵的報告書藏在向總行借的出租保險箱裡。他們不論怎麼找，都不可能找到。」

半澤若無其事地喝下啤酒，渡真利則如釋重負地放鬆肩膀。

「原來是這樣。話說回來，當時的確很驚險。藏在那種地方已經夠絕了，沒想到竟然還會被找到。半澤，到底是怎麼回事？」

「你知道嗎？交給金融廳的總部大樓導覽圖上，沒有那間鍋爐間。」

聽到半澤突如其來的問題，渡真利瞪大眼睛搖頭。

「因為和業務無關，所以在總務部製作的館內地圖當中省略了。」

「也就是說，那是地圖上不存在的房間。」

「沒錯。幾年前總務部製作地圖的時候，不知道是刻意還是恰巧沒放上去，後來也沒有修正。行內幾乎沒有人知道這件事，可是我聽總務部的朋友說過，所以就當作祕密倉庫來使用。」

渡真利問：「黑崎那傢伙為什麼會找到這間祕密倉庫？」

「他在行內掌握了情報來源。大概就是那傢伙告訴他的。」

「你知道這個情報來源是誰嗎？」

半澤把視線移向居酒屋的櫃檯。

「聽說木村和福山兩人來拿過伊勢島的資料。當時小野寺帶他們去了鍋爐間。」

「木村那傢伙，竟然因為跟你有仇就背叛銀行。對了，我就覺得那傢伙對黑崎特別卑躬屈膝。實在是——」

「我認為不是木村。」半澤這句話讓渡真利感到意外。「那傢伙過去一直在地方分行工作，和黑崎完全沒有連接點。」

「這麼說，該不會是——福山？」

「事實上，我打過電話給人事部的人見，確認福山的經歷——」

「怎麼樣？」

渡真利興奮地問，半澤卻以無法理解的眼神看著他。

「那傢伙以前當過ＭＯＦ負責人。」

「可惡。」渡真利咬牙切齒。「他暗地裡洩露情報，想要讓你在檢查中失敗。」

半澤說：「我一開始也這麼想，不過他不可能事先得知納爾森破產的情報。」

「為什麼？」

「他沒有在京橋分行工作過，對於伊勢島飯店也是徹底的門外漢。雖然他的確受到大和田命令去研擬重建對策，但那是在金融廳指出納爾森即將破產之後。即使在伊勢島飯店當中，納爾森破產的情報也只有羽根等少數人知道。福山不可能會事先得知這麼高機密的情報。」

「等等，半澤，這一來到底是怎麼回事？」渡真利連忙問。「鍋爐間的事情，只可能是木村或福山洩露的吧？」

「我想應該是兩人當中的一人告訴了某個人，而那個人就是黑崎的情報來源。」

「這麼說，到最後還是不知道是誰，事情就要結束了嗎？」

「不行。」半澤瞪著虛空。「即使檢查結束，還是得找出情報來源。畢竟那個人隱瞞了納爾森破產這種攸關本行授信的重要情報。」

渡真利張大眼睛。

「可是能夠得到這種情報的人並不多。你該不會已經想到——」

半澤緩緩喝下杯中的啤酒，然後說：

「沒錯，是大和田。」

渡真利顯得相當錯愕。

「我猜他應該就是黑崎的情報來源。」

渡真利沉默了好一陣子，似乎說不出話來。

可以看得出來，他腦中正思索著種種事情，檢視是否合乎半澤的假說。

不久之後，他開口說：「我之前說過，京橋分行是舊東京的名門分行。舊東京內部似乎也有傳聞，說大和田在京橋分行恣意妄為。」

半澤說：「舊東京的人大部分也都跟我們一樣，是很正常的銀行員，也具備確實的判斷力。在舊產業也有和大和田一樣、甚至更誇張的行員。這次剛好是舊東京的大和田出錯，不過我不會因此就認為舊東京的人都是混蛋。」

半澤瞥了一眼手錶，望向居酒屋的入口。

「有人要來嗎？」

「近藤剛剛打電話給我。」

「近藤？」

「他說他去看過拉法葉公司社長的住家，發現有趣的事。他應該快要到了。」

半澤才剛剛說完，就聽到店員很有氣勢地喊「歡迎光臨」。走進店裡的是熟悉的面孔。這個人環顧店內，看到舉手示意的半澤，便以興奮的表情走向他們，坐在半澤旁邊的空位。

「辛苦了。要不要喝生啤酒？」

「嗯，我要喝。」

半澤點了一杯啤酒，等啤酒端上來之後便乾杯。近藤一口氣喝下三分之一左右，看起來已經完全恢復昔日的活力。

「對了，剛剛拜託你的事怎麼樣了？」近藤問半澤。

「我調查過了。」

「喂，你們在說什麼？」

無法跟上兩人對話的渡真利詢問，近藤便簡單描述今天看到的情況。

「結果那名牌上到底是誰？」急性子的渡真利等不及近藤說完就插嘴問。

「是個相當意外的人物。這個人你們也很熟悉。」

「別賣關子了，到底是誰？」
渡真利迫不及待地問，近藤便回答：「上面印的是『大和田』。」
渡真利不發一語。
半澤無言地注視近藤的臉，指尖感覺到手中啤酒杯的冰冷。
「大和田……？」不久之後渡真利喃喃地說。「你說的大和田，就是那個大和田嗎？」
「沒錯。我剛剛打電話給半澤，請他幫我調查是不是本人。我一開始先打給你，可是你正在開會。」
「結、結果怎麼樣？」渡真利無法按捺亢奮的情緒，詢問半澤。
「我查過登記名人資料的『紳士錄』。那上面連家屬都有刊登。」半澤重新面對近藤。「先說結論：棚橋貴子是大和田的妻子。棚橋是她的舊姓。你去的久原那個地址跟大和田家的地址一致。」
「喂喂喂。」渡真利說到這裡就閉上嘴巴。
半澤喝完啤酒杯中剩下三分之一左右的啤酒，呼喚店員，點了一杯他喜歡的栗燒酒加冰塊。「等等，點兩杯吧。」渡真利從旁更正。近藤早就喝完第一杯啤酒，因此也補了一句：「點三杯。」

「也就是說，事情是這樣——」渡真利開口。「田宮電機在距今三年前，向京橋分行貸款三千萬日圓，轉借給拉法葉公司，直到今天這筆錢都沒有收回來。拉法葉公司的社長叫棚橋貴子，是大和田的妻子。」

「這就是借錢給她的理由吧。」近藤以理解的口吻說。「我就覺得奇怪。如果是年輕情婦就算了，田宮那種男人不可能會在沒錢的時候，還借錢給那種歐巴桑不去催討。」

渡真利問：「你覺得這是什麼樣的劇情？」

「這個嘛……」近藤思索片刻，然後說：「雖然不知道詳細狀況，但總之拉法葉公司需要一筆錢。大和田必須援助妻子的公司，可是沒有一家銀行會借錢給拉法葉那種業績惡化的小公司。於是他就拜託田宮社長，讓他把京橋分行貸款的三千萬日圓轉借給拉法葉——大概就是這樣吧。田宮社長應該是受到大和田拜託，才賣他面子幫忙。」

「回答得很好。」半澤說，「金融廳檢查也結束了，接下來我打算解決剩下的問題。這件事也是其中之一。明天我會去找京橋分行的貝瀨。渡真利，你呢？」

「我也想跟去，可惜明天要開會。而且這是近藤和京橋分行、還有半澤和大和田的戰鬥。我會很期待看到結局。」

「近藤呢？」

「不論發生什麼事，我都會跟去。」近藤露齒而笑回答。

「這才像話。」

新的酒杯端來，三人再度乾杯。

5

半澤上了分行二樓，一直在等他的貝瀨彷彿彈起來般，急忙離開座位。

貝瀨立刻請他到會客室，簡直就像是招待VIP。

半澤雖然只告訴他要來討論「日前的報告書」，不過貝瀨本人應該最清楚，這對他來說有什麼意義。然而——

「我不知道近藤先生也會來……」

當貝瀨看到近藤和半澤一起來，便露出不悅的表情。

「我也想要詢問和田宮電機有關的事，所以才請他同席。」半澤以不由分說的口吻說，「你應該看過我之前的傳真了。金融廳檢查雖然已經結束，但是我不能漠視隱瞞損失的事實。如果你有任何辯解之詞，現在就說出來吧。我就是為了這個目的來的。」

「請等一下，半澤先生。」貝瀨以脆弱不堪的聲音說，「我也有很多難言之隱。我並不是一開始就想要隱瞞，這點希望你能夠相信我。我沒有選擇的餘地。我也是受害者。可以請你幫幫忙嗎？拜託，放過我吧！」

貝瀨坐在椅子上，深深低下頭。

「你在時枝和我第一次造訪的時候，擺出什麼態度？」半澤朝著貝瀨開始變禿的頭頂這麼說。「你當時一副瞧不起我們的態度，結果謊言被拆穿之後，就要我們放過你？別開玩笑！我一定會徹底追究這件事，你最好要有心理準備。是你下令隱瞞的嗎？」

「請等一下，拜託。」貝瀨在面前合掌。「我說過，我也有很多難言之隱。我真的別無選擇。」

「你為什麼指示要隱瞞損失？」半澤不理會他的哀求繼續問。「是誰拜託你的？是羽根，還是——」

「不是的。雖然羽根先生也有拜託過我，可是不只是他。」

貝瀨隱約透漏出複雜的背景。半澤瞪著眼前苦惱的男子，等待他說下去，果然聽到「大和田」的名字。

「其實是大和田常務希望我隱瞞這件事……因為他認為現在雖然出現損失，不過有可能轉變為投資收益。」

「這是謊言。」半澤說，「根據戶越先生的說法，幾乎已經不可能轉虧為盈了。當時的狀況不會容許這麼天真的預期。」

「我知道。可是既然是大和田常務的強烈要求，就沒辦法置之不理。你應該也理解吧？」

「我怎麼可能會理解？別開玩笑。」半澤冷冷地否定。「伊勢島飯店之所以沒有公開這件事，不就是因為擔心沒辦法得到融資嗎？更何況你還隱瞞這件事，移交給法人部處理，等於是把炸彈丟給他們。」

「這是常務的指示。」貝瀨以苦苦哀求的口吻辯解。

「那就給我看證據吧。」

半澤這麼說，貝瀨便目瞪口呆地抬起頭。他的臉緊繃而蒼白，好似隨時要破掉的紙門般。

「證據……？」貝瀨虛弱地反問，眼神中充滿不安。

「應該有文件吧？」

「文件？沒有那種東西。他只是口頭跟我商量，然後下達指示。」

「紀錄呢？」半澤問。「當時沒有製作紀錄嗎？」

「沒有，完全沒有那種東西……」

這個笨蛋。這麼重大的事情，怎麼可以只憑口頭指示來處理？──半澤很想這樣斥責他。

「跟你商量的只有大和田嗎？」

「我得到古里的報告之後，首先向伊勢島飯店的羽根先生確認。當時他回答我說要去確認一下情況，大概在那之後就去拜託大和田常務了。後來大和田常務打電話給我，跟我說現階段沒有必要公開這件事……」

「這點我會寫在報告書上。」

聽到半澤這麼說，貝瀨深深皺起眉頭。

「拜託你饒了我吧。我也有自己的立場。」

貝瀨到這個地步還要顧及自己的顏面，讓半澤不禁失笑。

「你的立場？你已經沒有立場可言了。隱瞞伊勢島飯店損失的報告書，明天就會由第二營業部提交給上層。你最好努力去想想該如何辯解。」

「半澤先生！」貝瀨湊向前方對他說，「我會去跟大和田常務談這件事，請你不要張揚出去好嗎？我們絕對不會讓你吃虧。而且就算你公開這件事，也得不到任何好處，不是嗎？」

「很遺憾，我不是為了利害得失而行動的。」半澤斷然拒絕。

「對手是大和田常務，他不可能這麼容易被逼到絕境。這種事你應該也知道吧？」

「我基本上相信人性本善，不過人若犯我，我必加倍奉還——」半澤冷淡地直視貝瀨的臉這麼說。「這就是我的做法。要是我沒有揭穿隱瞞的事實，你們一定到最後都不會說出真相。你們把責任推給別人，只想要自己享受好處。難道我說錯了嗎？」

「不是這樣的——」

「到現在還嘴硬，太難看了。」半澤打斷仍想要辯解的貝瀨。「別以為可以躲過這劫。像你們這種腐敗的傢伙，我一定會一網打盡。」

貝瀨張大眼睛，明顯露出恐懼的神色。

「死心吧，你遇到難纏的對手了。」近藤說完，又朝著門口喊：「古里！別待在那種地方，進來吧！」

門謹慎地被打開，走進來的是另一張熟悉的面孔。

「今天來談的另一件事就是這個。」

近藤拿出來放在桌上的，是拉法葉公司的信用調查表與匯款單。

「你應該知道這是什麼吧？老實說出來。到這個地步，別以為你還能蒙混過去。」

古里的臉色變了。貝瀨以質問的眼神看他，他只好心不甘情不願地說出事情經過。

「怎麼會——」貝瀨啞口無言，有好一陣子說不出話來。

古里的視線鎖定在桌上的一點，十指緊扣到指尖充血。

「你也知道這筆錢被轉借嗎？」

古里咬住嘴唇。

「田宮電機公司是以營運資金的名義貸款。我不知道你們相不相信，不過我在審查階段，並沒有聽說這筆錢會被轉借。後來我發現這筆營運資金轉給了第三方……那時我才發覺到轉借的狀況。」

貝瀨問：「這件事你應該向上司報告過了吧？為什麼沒有收回貸款？」

貸款資金被用在何處，是銀行貸款的核心。貸款的原則，就是只借出企業發展所需的正當資金。

「我報告過了，可是最後卻沒有下文。我就想說，大概沒關係吧……」

「是誰同意的?」貝瀨不禁怒聲問。

「是當時的岸川分行長下達的指示。」

古里在逼問之下說出這個名字，貝瀨便倒抽一口氣。大和田與岸川，正是舊東京的「京橋搭檔」。

擔任京橋分行長的岸川後來榮升業務統括部長，而他之所以能夠榮升，想必是得到大和田的「提拔」。現在岸川已經是大和田派系的副領導人。沒想到在這背後，竟然存在著這種暗地裡的勾當。

「你難道不覺得奇怪嗎?你到底在想什麼!」

貝瀨激動地口沫橫飛，然而——

「貝瀨分行長，你自己又如何?」

古里出其不意的反駁，讓貝瀨說不出話來。

「我向分行長報告伊勢島飯店損失的時候，你說了什麼?你不是吩咐我假裝不知道嗎?這難道就沒有問題?」

貝瀨臉上浮現怒容。然而怒火沒有爆發就熄滅，轉變為悔恨的表情。

「對不起。」

分行長的道歉讓古里感到錯愕，回了聲「沒關係」。

在一旁聽他們對話的半澤問：「貸款被轉借給拉法葉公司這件事，岸川先生也同意了吧？」

古里回答：「只能這麼想了。可是紀錄方面……我雖然寫了報告轉借一事的紀錄，但是沒有回來，只有口頭回覆說不用管這件事。我猜想這是政治解決，因為內容敏感，所以紀錄被湮滅也無可奈何。」

岸川很聰明。如果留下紀錄，就會留下痕跡。

半澤說：「我想得到岸川參與此事的證據。」

「只有存款帳戶的提存款明細不夠嗎？」貝瀨喃喃地問。

半澤正覺得不夠，古里卻說出意外的話：

「分行裡應該有保留匯款單。我記得當時分行長親自委託處理並蓋章，讓我覺得很奇怪……也許在書庫裡面也說不定。」

「帶我去看。」

半澤率先站起來，近藤也跟隨他。京橋分行的書庫位在三樓。

這是一幅奇特的光景。

在貝瀨、半澤與近藤注視之下，直到古里找出那份舊文件，時間都在令人屏息的氣氛中流逝。

不久之後，古里的手在一份文件上停下來。

「找到了——」

這的確是三千萬日圓的匯款單。匯款者是田宮電機，收取人欄則是拉法葉公司，內容和近藤拿來的備份完全相同。

「半澤，你看這裡的審核章。」近藤指出重點。

「嗯，的確沒錯。」

經辦人蓋的是當時在營業課工作的女行員印章，而審核章則是大一圈的分行長印章。

是岸川。

「這個由我來保管。」

半澤說完，把它從成冊的匯款單中抽出來。

「半澤次長，你連這個也要告發嗎？」貝瀨問他。「請你重新考慮一下。我可以告訴你，你已經被大和田盯上了，不久之後就會討論把你調職。你應該不希望被調職吧？——還有，近藤先生，目前也有提議要解除你的外調工作。事實上，我今天正要去向田宮社長說明這件事。如果——我是說如果——你們願意放棄張揚這件事，我可以去跟大和田常務談你們的人事。我會設法說服他，撤回你們的人事案。

我願意賭上性命保證一定會辦到。怎麼樣？好好考慮吧。就算你們告發這件事，也不會有任何好處。有誰會因此得到幸福？」

半澤嘲諷地說：「這是大和田替你出的主意嗎？真是了不起的提議。」

「不、不是，我也是盡最大努力要替你們想辦法！」

「那真是多謝了。不過像大和田這樣，以為撤換提出對自己不利報告的次長就能解決問題的人，沒有資格擔任董事。近藤，你打算怎麼辦？」

「我——」半澤沒有忽略近藤臉上出現瞬間的猶豫。「如果要我回銀行，我就回去。反正即使繼續留在田宮電機，也很難修復人際關係了。」

「就是這樣。貝瀨先生，你的好意我們心領了。」

半澤輕拍垂頭喪氣的貝瀨肩膀，走出京橋分行。

「近藤，推掉剛剛的提議，真的沒關係嗎？」

半澤詢問跟著他走出來的近藤。

「沒關係。我已經料到會被解除外調工作，也知道現在的公司只是想賣銀行人情，才接收外調人員。既然他們不需要我，待在那裡也沒用。剩下的就是在任職期間完成自己能做的事，然後很灑脫地回到銀行。」

近藤說完，有些寂寞地笑了。

「真抱歉，近藤，把你捲進不必要的紛爭。」

「你這是什麼話！」近藤在地下鐵入口擠出笑容。「自己的人生要自己去開拓才行。」

「不過你一定要抓住真正想要的機會。」半澤忽然露出認真的表情。「要是你覺得放棄貝瀨剛剛的提議很可惜，就跟我說。我也會想辦法。」

「我知道了。」

近藤的眼神幾乎顯得哀愁。半澤朝他舉起右手，然後轉身迅速走下通往驗票口的階梯。

6

田宮在下午得到京橋分行長貝瀨的聯絡。

「很抱歉拖了這麼久。關於外調到貴公司的近藤先生，人事部已經回應了。這次請你來，就是要談這件事。」

這一天，田宮被引進分行長室之後，貝瀨開頭第一句話就這麼說。貝瀨看起來有些無精打采，但田宮不知道其中的理由。

「分行長，很抱歉造成你的困擾。」田宮稍微鬆了口氣，對他鞠躬。「我本來也不希望事情演變成這樣，不過畢竟他完全不服從我的指示——」

「這點我已經聽過了。」貝瀨中途打斷田宮的話，並詢問能否承諾接收替代人員。

「沒有問題。」

「人事部會對近藤說明這件事。不過能不能請田宮社長也親口告訴他，為什麼要求解除外調工作？」

「由我來說？」

田宮一開始覺得這是討厭的工作，但馬上轉念一想，覺得這樣滿有趣的。

近藤動不動就無視命令，把公司內搞得雞飛狗跳；現在他有機會親自送走近藤，不是很痛快嗎？

貝瀨說：「這麼說有些失禮，不過這不是銀行方面的理由，而是貴公司單方面的理由。」

「好吧。就由我來對近藤先生好好說明這件事。」田宮泛起不懷好意的笑容。「什麼時候會知道接任人員名單？」

「很快。決定之後會馬上通知，還請多多關照。」

田宮結束短暫的面談，回到走路五分鐘距離的公司。近藤似乎正在等他回來，立刻到他的辦公桌前說：

「社長，我有事想要跟你談一下。」

「那剛好。我也想跟你好好談一談。」

田宮站起來，前往後方的會客室。

他讓近藤先進去，自己也進入室內之後，為了避免被其他員工聽到，將背後的門確實關上。

近藤坐在沙發上，看起來有些急迫。不知為何他的表情很嚴肅。

「請問你要談什麼呢？」近藤首先詢問。

「嗯，沒關係，先聽你的事情吧。」

田宮隔著桌子坐在他對面。

「是有關那件轉借資金的事。」

田宮皺起眉頭說：「又是這個話題！近藤先生，你可以別再管這件事了嗎？這件事跟你無關。」田宮已經受不了繼續被他騷擾了。

「本公司現在很需要這筆三千萬日圓吧？東京中央銀行下次不知道什麼時候才願意貸款給我們。如果能夠討回這筆錢，就可以暫時鬆一口氣了。」

「你什麼都不知道。」田宮仰望天花板。「這是我借給自己熟人的錢，並沒有打算要叫對方馬上還錢。」

田宮感到火大。但此時他也理解到，怒火的一半雖然是針對多管閒事的近藤，但另一半卻是對於無法討回借款、卻又無可奈何的狀況。

「總之，你什麼都不知道。」

當田宮再度重複同一句話時，近藤卻意想不到地反駁說：

「我知道。這筆錢是受到東京中央銀行的大和田常務拜託，才借出去的吧？」

田宮原本張開嘴巴想要反駁，此時卻啞口無言。

他的驚愕很快就轉變為疑慮。

近藤究竟是怎麼調查出來的？不，也許他根本沒有確信。就算他是聽人說的，知道這件事的人也很有限。近藤繼續對保持警戒的田宮說：

「我是在調查拉法葉公司的時候發現的。我也告訴了銀行裡的熟人，所以很快就會演變成大問題。這一來大和田就完蛋了，你也會因為假稱營運資金貸款、實際上卻轉借給大和田的親人，今後有可能無法再向銀行貸款，所以最好要有心理準備。」

「等一下，這樣我會很困擾。」

近藤意想不到的話語讓田宮慌了手腳。

當時擔任分行長的岸川私下對他說過，只要協助大和田就絕對不會吃虧，而他也對此深信不疑。多虧如此，他才能維持與大和田溝通的管道。

田宮問：「不能想想辦法嗎？」

「田宮社長，到頭來你只是被人利用而已。」近藤以平靜的口吻告訴他。「轉借資金這件事，不久之後就會被銀行得知。照這樣下去，田宮電機有可能會被認為與大和田合夥欺騙銀行，所以必須想辦法證明你只是受到利用。」

怎麼會這樣——

「你等一下。」

田宮留下近藤走出會客室，打電話到大和田的手機。

當手機切換到語音信箱、開始播放訊息時，對方接起電話。

「我剛剛聽到傳言，那筆貸款資金的事快要被貴行發現了。」

田宮單刀直入地切入話題，但沒有得到回應。

「你是聽誰說這種話的？」

「誰說的都不重要。常務，究竟有沒有這回事？」田宮以粗暴的語氣質問。

大和田說：「嗯，發生了一些事情。不過我不會讓貴公司惹上麻煩，請別擔心。」

「你之前不是說過，如果轉借的事被發現，就會招致嚴重的後果？所以我才一直隱瞞，可是怎麼會變成這樣？」

田宮在大和田面前一直扮演好好先生的角色，但他已經沒有心情繼續裝下去。現在火都燒到屁股了。

「情況不一樣。而且只要我不承認，就沒有證據。田宮社長，不會有問題的。」

「這樣的藉口真的管用嗎？」

田宮冷冷地質問，對方便陷入沉默。

大和田是個易怒的人。田宮也是第一次用這種口氣與大和田說話。對方想必感到很煩躁，但田宮已經沒有餘裕去顧慮到他的心情了。然而——

「田宮社長，你似乎誤會了什麼。」大和田沉著冷靜的聲音，在田宮此刻的精神狀態下，彷彿是突然從天而降、沒有聽過的語言。「我不知道你是聽誰說的，總之，我本人並沒有參與這件事。」

「請問這筆錢什麼時候才能歸還？」田宮忍不住詢問。

「你說什麼？」

「我在問你，什麼時候才能還款。當初不是說只是短期周轉用嗎？我是因為大和田先生拜託才幫忙的，到現在已經過了四年，差不多可以請你還錢了嗎？」

「我會轉告我太太。」

每次形勢不利，他就搬出太太。

「我是當作借給你的。借給你太太公司的錢，也是因為她是你太太才借的。」

大和田焦躁的情緒從手機傳來：

「社長，這件事不方便在電話裡談，下次再找時間好好討論善後對策吧？」

「常務，本公司的狀況也沒有那麼寬裕。你說的善後對策到底是什麼樣的對策？」

「我現在還在開會。」

大和田說了一句抱歉，就單方面掛斷電話。

田宮緊握著響起斷線音的手機，過了半晌才發現近藤站在自己身旁。其他員工似乎也都聽到先前的通話，抬起頭看著他，但是當田宮抬頭，他們便匆匆回到文書工作。

「你想笑就笑吧。」田宮說。他在掛斷電話的瞬間，突然感覺到自己非常窩囊。

「很遺憾，我現在的狀況也沒辦法取笑他人。」近藤也露出自嘲的表情。「人事部差不多也該跟你聯絡了吧？」

「你的直覺真敏銳。」

「這樣啊。」近藤有些寂寞地說，「最後一件工作，就讓我們合力向大和田常務夫人討回三千萬吧？」

田宮折起手機，收回口袋。

「怎麼做？」

「很簡單。你只要告訴我事情的來龍去脈。我會製作報告書，呈交給銀行。」

「你打算做什麼？」

「這份報告會成為撤換大和田的重要資料。情況變得明朗之後，三千萬日圓想必也會以某種形式還給你。東京中央銀行會賭上尊嚴做到這一點。」

田宮目瞪口呆，仔細反芻這個提議。

接著他笑了出來，詢問：「銀行員也有尊嚴嗎？」

「當然有。」近藤回答。「雖然不是多了不起的尊嚴。」

「這樣啊。」

田宮佇立在原地好一陣子，望著自己公司的辦公室，彷彿在眺望新發現的地平線。

「老實說，想到今後不用看到你的臉，我就鬆了一口氣；不過想到你要走了，又覺得好像有點寂寞。會想要去擬定營業計畫、重建公司的，就只有你而已。」

田宮原本想要好好虧他，但說出口的卻是連自己都沒有發覺的真心話。

近藤說：「只能算我們沒有緣分了。不過多虧在這裡工作，讓我想起已經遺忘的自己。」

近藤的表情顯得很清爽，就像現在窗外明亮的天空一般。

田宮重新注視近藤。

「回到銀行之後，你要做什麼？」

「不知道。不過不論到哪裡，都比這裡好多了。」

「你說話還真不客氣。」

「反正已經要離開了。」

近藤笑著用右手大拇指比向背後的會客室。「好了，接下來就請你詳細說明吧。」

7

「報告書？」

突然湧來的危機感讓大和田內心惶恐不安。「你寫了報告書？」

「正確地說不是我寫的。我只是說出來，由近藤先生整理成報告書。」

「為什麼不先跟我商量一下？」

在榻榻米座位面對面的大和田露出苦澀的表情，然而此時田宮也無心說「對不起」。

「大和田先生，我不是商量過了嗎？你當時怎麼說的？」

體格魁梧的大和田看起來好像縮小了。田宮繼續說：「你只說會轉告太太、思考善後對策。我想要知道的是什麼時候會還錢，結果你卻只是拖延而已。」

對於田宮的責難，大和田無言以對。

因為他說得沒錯。

說實在的，區區三千萬日圓的資金，大和田也很想爽快地拿出來還，然而他卻辦不到。

當妻子說她想從事自己喜歡的工作時，大和田沒有想太多就予以鼓勵。

即使是女性、是家庭主婦，都可以盡量出社會工作——大和田抱持著這種算是理所當然的想法。

他的太太貴子在大學時期就擔任網球社的隊長，個性好勝，大和田也知道她不是那種孩子長大後仍守在家裡的內向女性。

大和田對太太有很高的評價。

他相信只要出一些錢給她，一定能夠經營順利。實際上她在成立自己喜歡的服飾公司時，也說「我不想造成你的困擾」，用自己過去存的錢支付成立公司的所有費用。

她應該是個可靠的妻子，個性也很踏實。也因此，大和田相信她不會好高騖遠，一定會在自己能力範圍內孜孜不倦地努力；然而他的預期卻落空了。

「老實說，我太太的公司狀況不是很好。」

大和田對田宮說出實話。過去他並沒有詳細說明過拉法葉公司的業績，雖然得到三千萬日圓貸款，卻連像樣的業績報告都沒有給過。大和田利用了田宮身為經營者太過草率的個性。

「我猜也是這樣。」

大和田以銀行董事之尊，原本不想對田宮這種立場的人說出自己的難處，但為了讓他了解狀況，必須開誠布公才行。

「很抱歉過去一直沒告訴你，我太太的公司一直都在虧損，根本不可能還這三千萬日圓。可以再等一陣子嗎？」

對田宮而言，這是被神格化的大和田品牌光芒急遽減弱、露出底層鐵質表面的瞬間。

「那麼就請你來償還這筆錢吧。我是受到常務拜託才貸款的。如果不是常務的太太，我一開始就不會借錢。」田宮毫不容情地進逼。

「可以再等一陣子嗎？」

大和田有無法承諾償還的理由。

他太太的事業在虧損中迷失方向。明明沒有多少銷售額，卻在高價地段租辦公室，開始雇用員工。她開了自己的店，簽下中意的設計師，開始販售獨創品牌的商品，卻沒有吸引到顧客。

持續的虧損，造成貸款金額越來越多，而妻子直到束手無策之前，都沒有告訴大和田。

沒有一家銀行會貸款給沒有實績、而且從創業以來就一直虧損的公司。她因為堅持不想要連累丈夫，竟然找上唯一願意貸款的融資公司借錢。

大和田之所以得知此事，是因為碰巧在放假時接到工商融資業者的電話。

「我不需要。」

大和田以為是推銷電話便這麼回應，對方卻用凶狠的聲音說：

「少在那邊裝傻！你們一直欠債不還，竟然還擺出這種態度！」

當時他太太的公司已經積欠超過一億日圓的債務，完全迷失方向。

面對大和田的逼問，貴子流淚道歉，並且說現在只能申請破產了。

「明明銷售額已經開始上升，只要還清高利貸，就能撐過去了。」

貴子這麼說，大和田便把自己大部分的金融資產都拿去償還貸款。

只因為他相信太太的話。

然而在那之後，拉法葉公司的赤字仍舊持續增加。

大和田坦承現況之後，田宮刻意深深嘆息。

「這樣根本不是辦法。看來繼續談下去也沒用了。」

他拿起一旁的公事包站起來。

「田宮社長，可以等一下嗎？」大和田從上座追上來抓住他。「我會想辦法，所以能不能請你從近藤手中取回那份報告書？拜託！」

田宮困窘地俯視跪在自己腳邊磕頭的大和田，但接著他眼中浮現的不是同情，而是不耐。

「不管你是銀行董事還是什麼，到這個地步就完蛋了。」

田宮說完迅速離開榻榻米包廂。

大和田獨自留在無人的包廂，頭仍舊貼在榻榻米上，無聲地哭泣。

他感到懊悔不已。

都是妻子害的。

可惡。這不是我的錯。怎麼可以為了這種事而受挫！為了這種事——

他盤腿坐在榻榻米上，也不顧褲口翻起來，從口袋取出手機。

他打電話給岸川。

「常務，怎麼了？」

「我現在人在京橋。」大和田以空虛的眼神望著才剛端上前菜的餐桌。「我們遇到麻煩了。」

8

「田宮竟然說出去了。」

大和田憤恨地說，岸川便露出恐懼的表情。在與田宮談判決裂之後，大和田採取的行動是立刻返回總行。

岸川受到大和田指示，已經來到辦公室等他。

此刻岸川一臉錯愕，發出「哈啊」的聲音，彷彿靈魂從嘴巴出竅一般。

他無助地說：「常務，萬一那件事被公開，後果會很嚴重。」

「我知道。」大和田緊盯著半空中的一點，咬牙切齒地回答。

「您打算怎麼辦？有什麼想法——」

「只能壓下這份報告書了。」大和田立即回答。「不久之後，那傢伙——好像叫近藤——就要解除外調工作。既然如此，那就只需要想辦法說服他，把這件事壓下來。光憑半澤拿走的匯款單，可以找到很多解釋方式。只要主張是我太太和田宮個人之間的金錢往來就行了。你查到聯絡方式了嗎？」

先前田宮離開之後，大和田便指示岸川到人事部，調查近藤的聯絡方式。

「這樣就可以了嗎？」

岸川拿出近藤的人事檔案概要表。這份文件上記載了個人資料、進入舊產業中央銀行以來的職務履歷、以及人事評價變遷。

「原來他曾經停職過。」

以近藤的年齡來說，原本應該在銀行第一線工作，然而卻被外調到客戶公司。大和田立即理解到其中的理由。

「他的子女還小，而且有兩個孩子，今後應該還要花很多錢。你知道這代表什麼意思嗎？」

大和田問岸川。岸川沒有回答，只用不知是困惑或驚愕的眼神看著大和田。

「像他這樣的傢伙，可以憑人事來設法擺平。畢竟在現實考量下，也顧不了那麼多了。打電話到他的手機吧。」

「現在嗎？」岸川的表情變得驚愕。

「越快越好。報告書有可能明天就交出去了。刻不容緩，馬上打。」

岸川短促地回應之後，拿出自己的手機，撥打文件上記載的電話。在大和田注視之下，安靜的辦公室內隱約可以聽到回鈴聲。

很快地就聽見一名男性接起電話。

「我是業務統括部的岸川，現在方便跟你談一下嗎？」

對方沉默片刻，接著困惑地回應「好的」。

「關於田宮電機的事，我想跟你詳細討論。雖然有些突然，不過希望可以立刻跟你見個面。」

「立刻？」就連大和田也隱約聽到對方驚愕的反應。

「這對你來說，也是很重要的事。」

岸川的這句話似乎說服了仍在公司的近藤。

「他說他現在就過來。」

岸川掛斷手機，以鬆了一口氣的表情報告。

「我知道了。」

大和田平靜地回答，面色凝重地閉上眼睛。

9

這通電話在加班時間突然打來。

近藤離開總行很久，對於部課長名字變得生疏，但只有岸川是例外。因為他是將轉借資金放款給田宮電機時的分行長。

近藤知道這天晚上田宮社長和大和田見面用餐。

他不知道兩人談了什麼。

不過從岸川的電話中，可以感受到強烈的緊張。近藤原本想要拒絕，但又想到，如果能夠聽岸川本人敘述轉借原委並納入報告書，那就更理想了。近藤做好下班準備，到公司前方招計程車，一路前往總行。然而——

「可以到大和田常務的辦公室嗎？」

當近藤在行員專用出入口的櫃檯告知來訪，卻收到岸川傳來意外的話語。

近藤感覺到心跳撲通撲通地加速。如果只有岸川一人就算了，要是連大和田也在一起——

「嗨，近藤先生嗎？真抱歉請你在百忙當中過來。」

近藤敲了辦公室的門，開門的男人便說出虛有其表的客氣話。這個人就是岸川。

「沒什麼。」近藤簡短地回答。他看到坐在會客用沙發組扶手椅的另一個男人，便開始感到緊張。不用經過介紹，他也知道這個人就是大和田。

「先坐下吧。」

近藤在岸川催促之下，隔著桌子坐在兩人對面的沙發，屏息等候其中一人切入話題。

「外調工作的生活怎麼樣？」

緩緩開口的是大和田。他斜靠在椅背上翹著二郎腿，渾身散發著討人厭的菁英氣息，看上去就是很洗練的高階銀行員。像他這種類型絕對不適合草根性強的分行。

「嗯，還好。」

近藤回答得很模糊。他已經註定要被退回銀行，即使被問「怎麼樣」也無從回答。不過大和田早就知道近藤的情況。

「我聽說你的外調職務會被解除。」

聽到這句話，近藤沉默不語，但大和田接下來的話卻讓他改變臉色。

「下一個外調工作可能會需要搬家。」

大和田說出這樣的話。

「請問已經決定了嗎？」近藤忍不住詢問。他無法抑制聲音中的不安。搬家是近藤最想要避免的情況。

「還沒有，應該還在調整階段。」

近藤此時感覺到內心深處原本已經遺忘的情感在蠕動。

那樣會——很困擾。

近藤在錯愕中首先想到的，是他的家庭與家人。他從大阪調職到東京之後，太太和孩子才剛剛交到朋友安定下來，難道又得離開東京前往某個地方縣市？如果只有他自己就算了，但他的家人不知會有多難受……

「這樣的話你也很困擾吧？」

大和田的發言讓近藤再度抬起頭。一雙冷酷的眼睛直盯著近藤。

「看情況，我可以幫忙處理這個人事案。」

近藤深深吸入一口氣，看著自己的手。他聽見自己呼吸的聲音。此時他終於理解大和田想說什麼。

大和田繼續說：「不過有一個條件。如果你有興趣，我打算現在就跟你談這件事。」

近藤受到大和田注視，回看這雙眼睛好一陣子。他覺得必須思考很多事情，卻想不出任何具體事項。面對赤裸裸的現實，他感到幾乎連自我都要迷失了。

「條件是什麼？」

「我希望你不要交出手上的那份報告書——就是關於田宮電機轉借資金的報告。」

「即使我沒有提出這份報告，也已經有一些人知道轉借的事實了。」

至少半澤他們已經知道。還有渡真利。即使近藤沒有提出報告書，大和田和岸川也未必能夠安全躲過。

然而大和田卻很有自信地說：「這方面不用擔心。只要沒有田宮社長的證詞，就等於欠缺畫龍點睛的一筆。另外我也得提醒你一點：即使不交出這份報告書，對你也沒有任何壞處，反而還有好處。」

大和田說到這裡沉默片刻，像是要逐漸牽引近藤的心意。接著他又說：「我也能讓你回到銀行工作，而不是外調。你想在哪裡工作？總行、分行、融資部、審查部——對了，你剛入行的時候希望進入公關部，或許可以朝這方向調整。你的病已經好了吧？既然這樣的話，要不要再挑戰一次？以你的年紀來說，當外調人員未免還太早了。」

近藤驚訝地看著常務的臉。他原本以為自己理所當然會再度被外調，無緣再當銀行員，可是沒想到大和田竟然對他如此提議。

「要不要再挑戰一次？」

「這種事——有可能辦到嗎？」

「當然可以。」大和田強有力地斷言。「你只要什麼都不做就行了。忘掉你在外調到田宮電機期間聽到的一切。只要這樣就行了。」

近藤此刻幾乎被內心的天人交戰淹沒。他沒有想到竟然會碰上這種事。他腦海中浮現半澤和渡真利的面孔，胃部陣陣絞痛，快要喘不過氣來。然而他們的臉立刻被太太和孩子的笑臉取代。

「你應該也有身為銀行員的自負，不過我希望你能忍耐。我會給你足夠的報償。拜託了！」

大和田說完便低下頭。舊東京的常務對一介外調人員低頭，但近藤此刻心中浮現的卻是「銀行員的自負是什麼」這個問題。

近藤在那份報告書中想要實現的，的確是堅持銀行員的原則。

然而這家銀行至今又為近藤做了什麼？他被指派嚴苛的業績目標，人生因此被打亂。自尊和夢想都被粉碎，只剩下為了謀生的職場生活。就連他短暫以為擁有的中小企業職場，也從手中溜走了。

我是為了什麼在工作？到這個地步，還談什麼銀行員的自負？太愚蠢了。

我應該已經不在乎這種東西了。剩下的只有對半澤和渡真利的友情和道義。可是他們是踏在升遷軌道上的菁英，即使是同窗同梯，立場也完全不同。

外調人員要重新回到軌道，必須要有一定的理由。

「我希望現在就得到答覆。」

大和田直視近藤的眼睛說。岸川從剛剛就一直屏住氣息旁觀兩人對話。

洋弼說他想要上補習班——

近藤想起妻子由紀子曾經對他說的話。他雖然答應了，但除了每個月幾萬日圓的補習費，這個暑假還得支付超過十萬日圓的夏季講習費，壓迫著近藤家的生計。他雖然仍舊保留銀行員身分，實際上卻被外調到其他公司，年薪大幅下降，要撥出這麼多錢相當困難。不僅如此，退休後的年金領取額和當過分行長的人相較，也會有天壤之別。

「怎麼樣，近藤？要不要再挑戰一次？」

接受大和田的提議，就等於是掩飾他們的舞弊行為。這樣的選擇可以說是跨越了銀行員的紅線。

「你應該還能繼續挑戰才對。你的家人一定也會很高興。你要考慮的是家人的幸福吧?以自己的夢想為優先,為了達到目的,必須不顧一切抓住機會才行。」

大和田不約而同地和半澤說了同樣的話。

不過你一定要抓住真正想要的機會——半澤的確這麼說過。

他說得沒錯。

半澤,對不起——

「請多多關照。」

近藤說出這句話的瞬間,就看到大和田臉上綻放笑容,和岸川互瞥一眼。

近藤握住伸向他的右手。

這樣應該就行了。

近藤告訴自己。

然而即使原本封閉的未來總算敞開,他卻感受不到絲毫喜悅。他覺得自己眼前只有一望無際的疲憊之海。那是寂寥而落寞的汪洋。

第八章　深喉嚨的憂鬱

1

雖然還是清晨，但強烈的盛夏豔陽已經烤焦柏油路面。

半澤從銀行大樓旁邊的專用通道進入地下，從行員出入口前往總行大樓二樓的總行營業部。結束了八點半開始的小組內部會議之後，他開始檢視堆積在未批閱箱中的文件。

暴風雨般的檢查期間過去之後，總行第二營業部的工作仍舊沒有閒暇。他沒有請到預定的暑假，最後雖然在盆節期間休息了五天，但原本的期待落空，沒有去旅行，也沒有任何出遊的計畫。也因此他的妻子花心情變得很差，只要在報紙上看到金融廳這幾個字，就會燃起怒火說「絕對不可原諒」。

上午九點五分左右，渡真利打電話來。

「你現在有空嗎？有件很緊急的事要通知你。」

渡真利以緊張的聲音說完，又說「我現在馬上過去你那邊」，然後就單方面地掛斷電話。

五分鐘後，渡真利在營業部的會議室面對半澤。

「金融廳寄信給董事長。情況也許不妙。」

他的表情異於平常的嚴肅。

「寄信？什麼信？是業務改善命令嗎？」

「不是那種內容。寄信人是檢查局長，似乎是針對接受檢查的態度，私下要求改善。你知道這代表什麼意思嗎？」

半澤滿不在乎地回答：「反正會做這種無聊事的，只有黑崎吧。」

渡真利以有些自暴自棄的口吻說「沒錯！」然後壓低聲音說：

「半澤，現在有一批人想要叫你來承擔責任。聽說岸川部長會提出處分案。如果讓他們為所欲為就糟糕了。那件事怎麼樣了？快點處理。照這樣下去，你會被他們打倒。」

渡真利激動地口沫橫飛，但半澤卻一派從容地說：「別這麼緊張。我現在就要去提出報告書。我和內藤部長說好，會直接送到人事部長那裡。」

「你得謹慎處理。」渡真利露出不安的表情。「如果被他們以證據不足逃掉了，你就等於是自己掐著自己的脖子。以區區次長身分想要扳倒大和田常務的笨蛋，在這家銀行裡就只有你一個人而已！」

聽到渡真利這麼說，半澤笑了笑，然後默默地站起來。

「啊，還有——」渡真利似乎剛好想到，又對半澤說，「近藤會回來。你聽了別驚訝，他會以公關部調查役的身分回來。人事部認可他的病已經痊癒了。」

「我知道。我聽近藤說了。」

半澤這麼回答，渡真利便呆了一下，然後只說「這樣啊」。

我想跟你見個面，不管多晚都沒關係——半澤和近藤造訪京橋分行的那天晚上，半澤接到近藤的電話。當時半澤剛好準備回家，便與他在新宿的居酒屋會合。

近藤在那裡說出自己和大和田的交易，並向半澤道歉。

「喂，近藤。」面對眼中泛著淚水連連說「對不起」的近藤，半澤說，「我不能責怪你。你的夢想就是進入公關部吧？不論如何，你都實現了夢想。這樣不就行了嗎？」

「可是我為此背叛了你們。就算知道接下來要調到公關部，我也高興不起來。」

「我不覺得自己遭到背叛。」半澤很果斷地說。「你只是做了身為銀行員理所當然的選擇。人必須生活下去。為了生活，金錢和夢想都是必需的。我認為想要得到這些很正常。報告書沒有必要由你來交出去。即使你不交出報告，我也會想辦法。

所以別擔心——恭喜你。」

「半澤，謝謝你。你真是……你真是個好人。」近藤毫不顧忌周遭眼光，流下了男兒淚。

「近藤也順利回到銀行，希望接下來不要輪到你被貶職。」

渡真利激勵半澤之後，朝他豎起大拇指。

當天下午兩點，半澤將報告書交給人事部長伊藤。

「稍嫌薄弱了一點。」伊藤讀過內容之後，態度相當冷靜。「這裡舉的都是間接證據。雖然我也認為是相當接近有罪的灰色地帶，不過仍舊有可能找到脫罪的說法。你沒有取得田宮電機社長的證詞嗎？」

「沒有。」

半澤如此回答，伊藤便面有難色地交叉起手臂。

「部長，你內心覺得如何？」半澤詢問。

「根據我的直覺，大和田常務的確是為了太太的公司而利用田宮電機，而且有『迂迴貸款』的嫌疑。」

「迂迴貸款」指的是透過顧客借錢給銀行無法放款的惡劣對象。這是明確的犯罪行為。

「可是這終究只是直覺。」伊藤說。

「『有疑則不罰』嗎？我以為『有疑則必罰』才是銀行的做法。」

「半澤，時代已經變了。」伊藤知性的面貌上流露嚴肅的神情。「或者你想要挑戰時代嗎？那倒也不錯。」

半澤說：「有這種傻瓜也不錯吧？我打算拿這份報告書來賭本行的道德。」

「這點完全不可靠。道德根本就是狗屁。」熟悉組織本質的伊藤毫不保留地回答。這就是人事部長。「不過跟你說這些，也只是多此一舉吧。」

伊藤深深嘆了一口氣，然後在半澤的報告書上蓋了已讀章。這一來，報告書就正式離開半澤手中。

「你應該也會被叫去董事會議。另外還有一個對你不利的消息：同一場董事會議還會討論上次金融廳檢查的議題，也許會得到不愉快的結果。」

「我已經有心理準備了。」

伊藤瞪了半澤一眼，點了點頭。

半澤回到第二營業部，看到桌上夾了一張留言紙條。這是小野寺寫的紙條，在「回電」欄打了圈，來電者是東京經濟新聞的松岡。半澤原本想要把紙條直接丟進垃圾桶，突然停住了。

——有關黑崎的事。

訊息欄中的這句話映入他的眼簾。半澤想起松岡那張帶有偏執特質的臉孔，猶豫片刻之後，便撥打上面的電話號碼。

2

「半澤的報告書好像已經交給人事部長了。怎麼辦？」

電話中的聲音氣若游絲，彷彿隨時都會斷掉。不可靠而軟弱到令人煩躁的這個聲音，透露了貝瀨這個人的脆弱。

半澤不只掌握了隱瞞損失的報告書。在下一次的董事會議中，就連轉借資金給太太公司一事，也會被當作舞弊行為遭到指摘。

大和田對自己的行為只感到後悔，完全沒有反省之意。他把這一切歸咎於貝瀨的無能，心中燃起搞錯方向的怒火。

後悔與反省是完全不同的東西。

如果貝瀨稍微堅強一點，就可以壓下半澤那種貨色了——這樣的想法湧上大和田心頭而無法拂去。

這股情感化為毫不容情的言語說出來：

「你必須對自己做的事情負責。」

電話另一端的人原本想必期待著大和田的溫情，聽到這句話便沉默下來。

「可是當時是常務下達指示，說暫時不要公開伊勢島飯店的投資損失——」

「貝瀨。」大和田以一副無奈的口吻說，「你好像搞錯了什麼。我只是陳述個人意見，告訴你既然是『投資』，應該也可能『獲利』。我並沒有指示你要這麼做的意思。」

「怎麼會——」貝瀨正要反駁，就被大和田打斷：

「首先，以我的立場根本沒辦法對你下達指示。這種事你應該很清楚才對。隱匿損失完全是你個人的判斷。到現在才主張是聽我吩咐，這種理由怎麼說得通？你以為你拿多少年薪？不要說這種讓人難為情的話。」

「可是當時的確是——」

「以我的立場，並沒有權力去命令你。你應該商量的對象是融資部及適當的授信部門。這件事並沒有我說話的必要性與合理性。還有一點——」

擅長做口頭簡報的大和田發揮他的特色，滔滔不絕地說話。「不論半澤的報告書怎麼寫，我並沒有要求客戶把貸款轉借給太太的公司。這一點岸川會確實作證。話說回來，貝瀨，我對你還真是失望。不過我已經替你安排不用出席董事會議，感謝我吧。」

大和田說得好像是自己在施恩一樣，但其實他是擔心貝瀨在董事會上說出不必要的話，因此才事先疏通，阻止貝瀨出席。

大和田掛斷電話，短促地吁了一口氣，忿忿地在座位上交叉雙臂。

貝瀨固然惹他生氣，半澤以一介次長的身分竟敢挑釁自己，也讓大和田怒火中燒。

然而他心中自有勝算。

他已經壓下近藤的報告書。他太太的公司和田宮電機隸屬於同一個中小企業協會，因此雙方的借貸關係可以解釋為當事人同意而進行的，不會有問題。基本上，貸款給妻子公司是在大和田離開京橋分行長職位後的事，因此也不構成利用分行長職權進行迂迴貸款。

抬出再多的間接證據，仍舊沒有直接證據。不論半澤的報告書怎麼寫，自己都不可能會被追究責任。

大和田在爬到這個地位之前，踐踏的對手與敵人不計其數。現在半澤也會成為屍橫遍野的戰敗者之一。

「儘管放馬過來。我一定會把你擊敗，笨蛋！」

大和田在辦公室的座位上喃喃自語。

3

「我應該已經習慣了，可是對你這次的做法還是啞口無言。你竟然打算跑到董事會議去逼問大和田常務。」

渡真利在八重洲地下購物中心的咖啡廳這麼說。他的面前放了一份半澤提出的報告書影本。

「讓我負責伊勢島飯店就是這麼回事。雖然我不認為董事長會想到這麼遠。」

「既然要做就要做得徹底，是嗎？這也是半澤流的風格，只是不知道後果如何。」渡真利以嚴肅的表情湊向他說：「大和田不是那麼好對付的傢伙。對於這份報告，他一定會準備有模有樣的反駁。不只是這樣，別忘了他手中還握有攻擊你的材料。」

半澤問：「你是指金融廳的信嗎？」

「業務統括部裡有很多人看重這件事，理由是擔心影響到日後的檢查。現在你提出這份報告，他們又多了為大和田提供掩護射擊的理由了。岸川部長是大和田的心腹。他們可不是好惹的。」

這時有一名身材高瘦、穿著西裝的男子走入店內，拿出手怕擦拭額頭上的汗水。他是東京經濟新聞的記者松岡。

「檢查期間辛苦了。」

松岡說完，在渡真利旁邊坐下，接著又以嘆服的眼神看著半澤說：「不過你真是太厲害了。」

渡真利開玩笑說：「預定的新聞稿得重寫了吧？」

松岡一本正經地說「這可不是笑話」，然後又開啟話題：

「聽說你們差點就要被指控規避檢查了。」

半澤問：「你今天的目的就是這個嗎？」

「沒錯。事實上，我被指派製作探討金融廳檢查實況的企劃，特別注意到黑崎金檢官逼迫多家巨型銀行提列備抵呆帳的做法。這位惡名昭彰的金檢官接連追逼ＡＦＪ、白水銀行，這次是他首度踢到鐵板，因此造成超乎預期的衝擊。其他銀行也都在討論這件事。」

半澤裝傻地說：「我沒有做任何規避檢查的事。他是因為懷著先入為主的偏見調查，才會發生錯誤。」

松岡興致盎然地聽半澤談起當時發生的經過，然後詢問：「黑崎為什麼會以為資料藏在那些紙箱裡？」這是切中核心的問題。「關於這一點，半澤次長知道什麼內情嗎？」

「這個嘛──」

半澤想起留言紙條上寫著「有關黑崎的事」，便說：「我反倒想要問你。如果你知道什麼消息，可以告訴我嗎？你原本就打算要談這件事吧？」

松岡臉上浮現得意的笑容。

「半澤次長總是提供我情報，所以我偶爾也想要報答恩情。」

「那真是太感謝你了。」

「這是我日前採訪的時候聽到的小道消息。我得先聲明這只是傳言，而且因為一些阻礙而無法求證，不過給我情報的人是很可靠的管道。」松岡停頓一下，壓低聲音說：「黑崎金檢官似乎跟貴行的某個行員有私人關係。他會不會是從那裡得到貴行的情報？」

渡真利驚訝地抬起頭。

「私人關係？你是指本行的某人跟黑崎——」

「我無法說出名字，只能告訴你們，這個人是董事或類似職位的人物。」

「董事？喂，半澤，該不會是——」渡真利瞥了半澤一眼。

松岡驚訝地問：「你們已經知道了嗎？」

半澤問：「關於那個行員，還有其他情報嗎？」

松岡說出令人意想不到的消息：

「聽說這位行員的千金是黑崎的未婚妻。黑崎在週末常常會拜訪未婚妻的家。我的情報就只有這些——如果派不上什麼用場，那就抱歉了。」

「沒這回事，謝謝你。今天我請客吧。」

半澤說完，拿起帳單站起來。

他和渡真利一起走到店外，沿著地下道走向位於丸之內的東京中央銀行總行。

「原來那傢伙不是普通的男大姐。我知道你在想什麼。那個行員一定是大和田吧？」先前一直在沉思的渡真利說。「這次的金融廳檢查，如果伊勢島飯店被分類為危險對象，然後又發生規避檢查的事件，中野渡董事長的職位就不保了。大和田跟羽根很熟，一定也聽說了納爾森公司的事。」

然而半澤卻回答：

「不對——不是大和田。」

「什麼？」

「一直在提供黑崎情報的，不是大和田。」半澤又說了一次。

渡真利不禁停下腳步。

「你怎麼知道？」

半澤轉向渡真利，說出決定性的事實：

「大和田沒有女兒。」

4

次日，半澤外出回來時，辦公桌上的電話剛好響了。

「我聽說你打電話給我，有什麼事情嗎？」

打電話來的是業務統括部長岸川。從上午開始的會議似乎總算結束了。不用聽到他警戒的聲音也能猜到，他一定已經得知半澤寫的報告書內容了。

「事實上，有件事我想要向岸川部長確認。」

「向我確認？什麼事？」

半澤說：「在電話中不方便談。可以現在過去找你嗎？」

岸川還沒回答，就先啐了一聲。「會占用很多時間嗎？」

半澤回答「不會」，岸川就說：「我只能給你五分鐘左右。我還有很多事要忙。」說完就掛斷電話。

半澤來到部長室，看到岸川把木村也找去了。坐在部長旁邊的木村照例表現出露骨的敵意，一開口就發動攻擊：「你是第二營業部的，有什麼事情要直接向部長確認？這麼做不符合正常程序吧？」

「因為有這個必要性。」半澤輕描淡寫地回應，然後直視岸川的眼睛說：「我要談的事和木村部長代理無關，可以請他離開嗎？」

半澤看到岸川眼中出現瞬間的猶豫。

「好吧。木村部長代理，請你先離開一下。如果有事我會叫你。」

木村露出不滿的表情走出去。

岸川等他關上門，才開口說：「我先說好，半澤次長，希望你不要拐彎抹角。我現在很忙，可以請你長話短說嗎？」

「我想要問的是部長擔任京橋分行長時的融資案。」

岸川大概心裡早已有底，表情變得僵硬，等待半澤開口。

半澤沒有說話，只是開始展開帶來的文件。這是四年前的融資案簽報書，是他拜託渡真利影印融資部內的備份得來的。

「這是你擔任京橋分行長時通過的融資案。你記得田宮電機這家公司吧？」

「田宮電機……？」岸川故意裝傻。「沒印象。畢竟那家分行的客戶太多了。更重要的是，你到底要說什麼？快點說出重點吧。」

半澤又拿出另外的文件放在桌上。

這是他交給人事部長伊藤的報告書影本。半澤直視岸川的雙眼說：

「你或許已經看過報告書了。那筆貸款後來被轉借出去，對象是這家公司——」

岸川面無表情地注視拉法葉公司的信用調查表。

「部長，你知道這是什麼樣的公司吧？」

岸川回答：「我怎麼會知道？你拿出這麼久以前的融資案件，究竟想要做什麼？還製作這種莫名其妙的報告書！」

「我向京橋分行確認過，貸款之後，承辦人員得知田宮電機轉借給這家拉法葉公司，便向當時的分行長——也就是向你報告，可是好像卻被你壓下去了。」

「是誰說這種話？」岸川假裝漠不關心。

「是一位姓古里的承辦人員。我昨天確認過了。」

「古里？哦，就是那個課長代理呀？」岸川以輕蔑的口吻說。「大概是他想要把自己的過失推給上司吧？借給客戶的貸款被轉借，作為承辦人員是不可原諒的過失。不過——」岸川顯示出煩躁的態度。「你沒有證據，憑什麼說我把這件事壓下來？這已經是好幾年前的事了，而且這筆貸款不是早就收回了嗎？」

半澤平靜地說：「的確已經收回了。不過這家拉法葉公司借了三千萬日圓之後，卻分毫沒有還給田宮電機。你知道這代表什麼意思嗎？」

「所以我說了，你到底在談幾年前的事情？你也許想要借這種事來鬥臭大和田常務跟我，不過銀行可不是這麼隨便的地方。」

「別開玩笑了。」

半澤低沉而緩慢地吐出這句話。

岸川驚愕地抬起頭，正想要說話，半澤又開口：

「銀行沒有追溯時效。」

聽到這句話，岸川彷彿被按下靜音鍵般沉默不語。他以充滿怒意的視線瞪著半澤，接著立刻拿起桌上的電話。

「喂，木村嗎？半澤次長差不多要回去——你在做什麼？」

岸川朝著按下電話通話鈕的半澤怒吼。

「你不是已經把這件事放進報告書了嗎？那麼你已經不需要再聽我解釋了。你來這裡的用意到底是什麼？還是說，你雖然提出報告，可是卻失去證明的自信？」岸川發出憎惡的嘲笑聲。

「自信？當然不是。我只是想要確認你的意願。」半澤平靜地說。

「我的意願？你在說什麼？」

「如果你是個正派的銀行員，應該會對自己做的事情感到後悔。我是來確認你是否打算老實承認這份報告書的內容。如果你承認的話，我希望你能在董事會上作證。」

「你以為你在跟誰說話？」岸川說，「我可不想讓一介次長用這種口吻對我說話！你才是被金融廳警告的問題次長吧？像你這種傢伙還敢大放厥詞？有空跟我談胡說八道的報告書的話，還不如去想想要怎麼替自己辯護吧！」

半澤以冷淡地口吻回應：

「在檢查期間出現問題行為的，應該是私通黑崎、提供他情報的人吧？」

「提供他情報？」岸川狠狠地說，「你在說什麼夢話？你捏造出不存在的情報提供者，該不會是想要掩飾自己惹的麻煩吧？」

半澤平靜地搖頭說：「當然不是。根據我得到的情報，黑崎即將和本行的重要人物女兒結婚。」

岸川瞪大眼睛。半澤繼續說：「他的對象是令嬡吧？」

在這個瞬間，岸川彷彿看到周遭的時間生鏽、停止。

「愛護女婿是一回事，可是把原本應該告知第二營業部的破產情報告訴黑崎，難道是可以容許的嗎？黑崎也有問題。他隱瞞自己和金融機關之間的私人關係，擔任主任金檢官。這種做法要是被人知道，他也不會安然無事。你也一樣，岸川。話說這件事要是被發現，令嬡應該會感到相當遺憾吧。原本以為是和金融廳的菁英結婚，沒想到對方卻在結婚前跌了一跤。」

岸川的視線開始慌亂地移動。從他血色全無的臉上，看得出此刻他感到相當緊張。

「我打算在董事會議上公開黑崎和你的關係。東京經濟新聞的記者也在打聽這件事。如果我告訴他，他應該會很高興地寫成報導。這一來，受害最大的應該是令嬡吧？」

岸川驚恐地抬起頭，似乎想要說什麼，但聲音卻黏在乾渴的喉嚨上發不出來。

半澤以冷酷的眼神看著他這副模樣。

「那、那可不行。玲奈——我女兒跟這件事無關。」

「的確無關。替這位無關的女兒製造麻煩的，就是你和黑崎。」

「等、等一下，半澤。」岸川難掩內心動搖，對他說，「我女兒並不知道銀行檢查的事，也不知道我提供情報。我以為這樣做是為了黑崎好，所以才憑獨斷做出這種事，和女兒完全無關。過去的事，我願意向你道歉。」岸川深深鞠躬。「所以這件事，可以請你保密嗎？」

岸川雙手緊握半澤的手。半澤對他手上意外的力道感到驚訝，也察覺到這個男人急切的程度。

「好吧。」

岸川聽了，臉上露出安心的表情。

「不過在這之前，我希望你承諾一件事。」

岸川畏懼的視線朝向半澤。

5

董事會議從星期三早上九點開始，在董事辦公樓層的會議室舉行。

董事圍坐在會議桌前，負責輔佐的調查役與次長等人則坐在後方牆邊的座位上。半澤也在其中，靜靜地等候開會時間。他的眼前是上司內藤的背影。或許是因為擔心今天的議事，內藤從剛剛就顯得相當憂鬱。

「希望不要贏了戰役卻輸了戰爭。」

這天前往董事會議之前，內藤曾經喃喃地這麼說。

中野渡董事長準時出現，嘈雜的會議室便立即鴉雀無聲。依照預先決定的議程，會議中首先發表上個月一整個月的收支結果。八月的董事會議終於開始了。

一開始討論的是和半澤無關的議題。系統部長報告了延後的系統整合進度，接著從第二營業部的內藤開始，各授信部門的主管報告大宗案件，然後一件件進行審議與通過。

轉眼間就過了兩個小時，中間休息了一次。半澤宛若化為牆壁的一部分，平淡地望著會議進行。

他既不感到緊張，肩膀也不會特別緊繃。

待在銀行看過這麼多人事案，有時會為了不合理而憤怒，有時則因為恰到好處而想要鼓掌。對於這樣的人事浮沉，他當然也會感受到無常，但在此同時他也不禁產生很基本的疑問，懷疑這一切究竟有多少意義與價值。

半澤覺得銀行似乎存在著一種假象。

這種假象讓人誤以為銀行這個組織就是一切。其根源大概是菁英心態或選民思想，但這兩者在半澤看來都很滑稽。

即使離開銀行，也能夠活得好好的。

銀行不是一切。

眼前的一件人事案絕對不會決定一切，而人生終究是要憑自己的力量去開拓的。關鍵是在每一個時刻都要盡到全力，依照自己的信念行事。對半澤來說，大和田與岸川的舞弊行為，簡單地說就是在對他挑釁。

人若犯我，我必加倍奉還。依據這個原則向董事長提出報告書，正是基於半澤的信念。畏懼結果而什麼都不做的選項，並不存在於半澤心中。

在此同時，半澤的報告書也可以說是在測試東京中央銀行。

所有人內心都覺得有問題的行為，如果因為狡辯而由「黑」轉為「白」，那麼一定會留下無法抹滅的惡劣印象。事關銀行員的自尊與道德。難道就如人事部長伊藤說的，要對此刻圍坐在會議桌前的董事抱著期待太嚴苛了嗎？

「好了，主要議事到此結束。」

中野渡宣布之後，終於接近討論報告書議題的時候。半澤默默張開眼睛，眺望開始瀰漫著險惡氣氛的董事會議景象。在場的所有人都知道，接下來要進行的判斷，將會觸碰到東京中央銀行最敏感的神經。

「半澤次長，接下來由你親自發表比較好吧？」

半澤聽到中野渡的發言，便緩緩站起來。在外面待機的小野寺迅速走入室內，敏捷地將半澤製作的報告書發給所有董事便離開。

會議室內出現嘈雜的交談聲。

《京橋分行「迂迴貸款事件」相關報告》

半澤的報告標題單刀直入地點出事件本質。

「接下來要發表的迂迴貸款事件，是在四年前發生於當時的東京第一銀行京橋分行——」

「等一下——」

半澤才剛發言，就有一名董事制止他。開口的是資金債券部的乾部長。他是舊東京的辯士。

「董事長，抱歉，在這份報告發表之前，我想要先弄清楚一件事。半澤次長，你是第二營業部的次長，為什麼會針對京橋分行的事件進行發表？就事件性質來說，這種事應該交由人事部進行調查——」

「我負責的伊勢島飯店直到去年為止，都是由京橋分行管理授信事宜。由於這起事件是在調查該公司隱瞞損失時發現的，因此由本部整理出報告書。」半澤打斷乾的發言回答。

「不用在意細節。」中野渡發出焦躁的聲音，阻止看起來仍舊不服氣的乾發言。「繼續說吧。不需要花時間在形式論上。」

氣氛已經顯得不妙。半澤接下來要發表的內容，已經先透過人事部長伊藤告知中野渡董事長。伊藤已經直接對半澤耳語，告訴他中野渡的反應很冷淡。

理由很簡單。半澤的報告與董事長期盼的內部融合反向而行。

除此之外，這場董事會議還有看不見的不利條件：貝瀨沒有出席。半澤聽渡真利說，這是大和田事先安排好的。渡真利還補上一句評語：「那傢伙真是骯髒到極點。」

半澤眼見乾保持沉默，便繼續說：

「京橋分行當時貸款給田宮電機三千萬日圓，而我們掌握到這筆錢被轉借給本行相關人士。轉借對象是拉法葉公司，該公司代表人名叫棚橋貴子。關於這位人物的背景——」半澤環顧在場的董事。「她的本名是大和田貴子，也就是大和田常務的夫人。」

半澤公布的瞬間，大和田以非常凶狠的面孔瞪他。半澤不理會大和田的視線，繼續說明報告書中明確記載的細節。

「這種情況違反法令及金融機關董事的信義原則。如果公諸於世，就會毀損本行的社會信用。針對本案件，希望能夠由董事會議來進行判斷。」

會議室內陷入凝重的沉默。

「大和田常務，你怎麼說？」

董事長點名大和田發言，大和田便立即回應：「這是完全誤解事實的說法，請容我說明——經過我的確認，這份報告指出的資金流動確實曾經發生，可是內人的公司是在京橋分行貸款給田宮電機的好幾年前成立的。她身為經營者，完全獨立發展事業。半澤次長似乎不知道，事實上內人和田宮社長隸屬於同一個中小企業協會，一開始就有談到出資的話題。只是因為如果採取出資形式，不知道何時才能收回，因此才改採貸款的形式；不過這都是內人以經營者的身分、沒有告知我而進行的。說是我在操作等等，根本就是完全誤解。還有，這份報告書有重大的缺陷。」大和田開始攻擊關鍵要點。「半澤次長，你直接向田宮社長確認過了嗎？」

「沒有。」半澤回答。「我本來想要直接向他確認，但是他不願意回應。」

大和田以一本正經的表情質問：「你憑這種單方面的調查，就斷定這是迂迴貸款案件？這樣的見解未免太過武斷了吧？」

董事當中有幾人點頭。半澤可以感覺到，現場氣氛正大幅傾向大和田。

「在我看來，這份報告書本身就像是侷限於舊派系觀念在找碴。在你這種人的眼中，只要出身銀行不同，不論什麼樣的事實都會變得扭曲吧？」

大和田試圖扯上舊東京與舊產業的嫌隙，曲解半澤的指摘。他似乎確信自己得到董事的贊同，以充滿自信的口吻轉向中野渡說：

「關於這件事，我已經沒有其他可說的了。公司是內人在經營，我一直都避免去干涉公司的借貸，沒想到不巧演變成這樣的情況，我也感到很驚訝。不過據我詢問內人得知，她和田宮社長從以前就熟識，而且至少在我擔任京橋分行長的時候，她因為擔心造成我的困擾，因此沒有直接進行資金交易。另外，關於這三千萬日圓，她也說因為時間拖得太久，想要請對方轉換為出資，或是暫時先還款。雖然是意想不到的情況，不過造成大家不必要的困擾，真的很抱歉。」

大和田說完，裝出謙虛的態度鞠躬。

半澤看到內藤的側臉變得更加嚴峻。伊藤也蒼白著臉，交叉雙臂面對半澤。

他的眼神似乎在詢問「你要怎麼辦」。

沒有勝算。

中野渡默默聽了雙方的說法，仰望天花板，開始思索該如何收拾這件事。

他雖然標榜銀行內部融合，但原本個性就很急躁，此刻臉上已經對引起麻煩的半澤表露怒意。不論半澤如何抗辯，似乎都難以改變局勢。

「至少在這份報告書上，看不到可以否定大和田常務這段發言的證據。」中野渡以焦躁的表情對半澤說。「半澤次長，你到底——」

「請等一下。」半澤迅速打斷董事長的話。「大和田常務，你想要用這種騙小孩的說詞來結束討論，未免太天真了吧？你說這是太太做的事，自己不知道？你什麼時候學會跟政客一樣找藉口？」

半澤的舌鋒相當尖銳。他繼續說：「基於銀行員的常識，太太如果進行這樣的交易，應該要制止才對。只憑一句不知道，就想要說服別人？我可沒有聽過如此愚蠢的解釋。更何況常務說要把三千萬日圓轉換成出資或還款，實在是太脫離現實了。田宮電機本身的資金運轉都有問題，卻要他們把三千萬資金轉換為出資，等同於叫他們放棄借出去的錢。就算要還款，拉法葉公司也嚴重虧損，根本沒有餘力。而且常務本身似乎也從個人資產當中出了不少錢，哪裡還有剩餘的資金？還款的資金在哪裡？」

「我聽說有人要出資給內人的公司。」

面對半澤銳利的反擊，大和田開口辯解。

半澤追問：「什麼樣的公司？還是個人？你應該已經確認過出資者身分了吧？請回答。」

「那是——」大和田無法接話。

「你沒有聽說嗎？」半澤銳利地質問。「那麼請你當場打電話給夫人問清楚。」

「你太放肆了吧？董事長，我要對這種做法提出抗議。這是很重要的事，請容我整理正式文件進行報告。」大和田如此要求。

「在那之前，還有相關人士沒有被問到吧？」

半澤指出這一點，原本閉目聆聽的中野渡終於張開眼睛。

他的視線此刻朝向坐在會議桌周圍的人之一——岸川。岸川被注視的瞬間，深深吸入一口氣，緊緊抿起嘴脣。

中野渡說：「岸川，你也是這份報告中的當事人吧？關於這件事，我想聽聽你的說法。」

半澤感覺到岸川恐懼更勝於困惑的視線瞥了他一眼。

岸川站起來，臉色蒼白到好似隨時會倒下，這也證明他非常清楚接下來發生的事有多麼重大。此刻的岸川已經完全失去平常自命不凡的態度。

「就如這份報告書中提到的，我在四年前任職於京橋分行，放款給田宮電機三千萬日圓。但是——」

岸川突然咬住嘴唇。大和田似乎察覺到有異，以燃燒般的眼神看著岸川。半澤看到岸川的嘴脣微微顫抖。

「大和田常務，對不起。」

岸川一開口就道歉。大和田正感到驚愕，岸川已經開始繼續說：

「這筆貸款是為了拯救大和田夫人公司的轉借資金。這份報告書的內容沒有錯。大和田常務拜託田宮社長，談妥轉借事宜，我就為此進行放款。」

大和田張大嘴巴，無法動彈。不，不只是大和田，這場董事會議在座的所有人彷彿都瞬間凍結了。

「董事長，這根本是無稽之談！」大和田慌張地說。「岸川，你到底在胡說什麼？收回剛剛的話！你想陷害我嗎？」

「岸川部長，你說的是事實嗎？」

當會議室再度恢復安靜，中野渡進行確認。

「是的，非常抱歉。」

岸川深深鞠躬，然後抬起頭，轉向大和田再次默默鞠躬。

大和田沒有看他，視線開始游移在會議室的虛空中。

「大和田，如果你想要反駁，就說出來吧。」

然而直到最後都沒有聽到大和田的反駁。

「人事部長，請你在銀行內部設置調查委員會，徹底調查並進行報告，也要請當事人好好說明。還有，關於隱瞞伊勢島飯店損失一事，也由同一個委員會調查，盡快提出報告。」

中野渡將視線從伊藤稍微移向半澤，繼續說：「那麼有關最後的議案——」他說到這裡，瞥了一眼憔悴到可憐地步的岸川。

岸川彷彿擠出最後的力氣，虛弱地舉手。

「有關金融廳的指摘事項，本部門檢討的結果，認為並非事實。希望能夠得到認可。」

「有沒有異議？」

董事長詢問眾人。在異樣氣氛緊繃的會議室中，最終沒有人提出異議。

會議結束，出席者好似嵌入浮雕的人物突然動起來般，紛紛站起來。

「幹得好。」

內藤小聲地說，然後走出會議室。

會議桌對面的人事部長伊藤露出驚嘆的表情，看起來也像是在問「怎麼辦到的」。半澤以點頭致意作為回應，然後瞥了一眼從剛剛就文風不動的大和田與岸川兩人，若無其事地離開會議室。

6

「近藤，太好了。恭喜你。」

暑假的氣氛即將結束，在八月最後一個星期三，慶祝近藤調職的小型飲酒會照例在神宮前的串燒店舉辦。

近藤的新職位是公關部調查役。

在此之前，董事人事大幅異動，大和田從常務董事變成一般的董事。這也意味著他即將被外調。

渡真利說：「以他所做的事，就算遭到懲戒也不奇怪。中野渡先生果然太寬容了。」

「不過也有人認為太過片面針對舊東京。這樣的意見相當頑強。」近藤儼然成了銀行內部情報通，如此告訴他們。「尤其是半澤在董事會的做法，引來正反兩面的論調。有人認為沒有必要做到那種地步。好笑的是，大和田本人四處在主張這種意見。」

「自己做了壞事，還好意思說那種話。」渡真利以難以置信的口吻說。「大和田就算被提出刑事訴訟也沒話說才對。」

在調查委員會的調查中，由於田宮作證說自己也有轉借的意願，因此大和田躲過最糟糕的情況。岸川與京橋分行的貝瀨兩人已經遭停職並轉至人事部，同樣等著被外調。古里將接替近藤，前往田宮電機任職。

另一方面，由於隱瞞損失一事被揭穿，法人部的時枝等人當然就不用受到處分。

「話說回來，半澤——」

「你今天是不是被人事部的伊藤部長叫去了？」

半澤對渡真利的消息靈通感到嘆服，抬起頭說：

「你竟然知道這件事。」

「我聽說第二營業部最近會有人事異動，該不會是在說你吧？」

半澤正要開口說話，看到此時進入店內的新客人便站起來。

是戶越。

伊勢島飯店決定加入福斯特集團旗下之後，羽根和原田等策劃隱瞞投資損失的幹部遭到撤職，目前已經確定要把戶越從外調單位調回來，擔任財務部長。

當所有人的生啤酒都端上來，半澤便帶頭乾杯。

「恭喜您就任財務部長。」半澤說完，又對表情有些靦腆的近藤說：「你的願望實現了。」

「半澤，真抱歉。」

「這種事就別提了。」

半澤笑著拍拍近藤的肩膀。他很高興看到原本快要放棄人生的朋友重拾光芒。不論情況如何，近藤是以自己的雙手實現夢想的。

戶越說：「對了，那個叫黑崎的金檢官出現在今天的《東京經濟新聞》。」

半澤聽他這麼說，也想起這件事。在松岡的這則特集報導中，寫出了金融界對於黑崎如此不擇手段所抱持的疑問。

渡真利說：「對於黑崎的檢查態度，本行似乎會以董事長名義向金融廳提出意見書。」

半澤也得到這個消息。雖然說金融廳檢查大概不會因此而改變，但如果不採取行動，就無法期待變化。

「這次多虧半澤先生，伊勢島飯店才得以死裡逃生。謝謝你。」戶越突然以認真的表情向半澤道謝。

「不論處在什麼樣的絕地，一定都會有某種解決方案。這是湯淺社長的功勞。」

「可是提供這項解決方案的人是你。」

戶越這句話讓半澤感到高興。但是當戶越說「今後也要請你多多關照」時，半澤只能模稜兩可地回應。

今天下午，他被人事部長伊藤叫去。

在部長室等候半澤的，是伊藤和內藤兩人。

當他走入室內的瞬間，就明確感受到兩人之間籠罩著緊繃的氣氛。

「很抱歉，你這次的做法引來很大的批評聲浪。」首先開口的是伊藤。「尤其是在董事之間，有人認為這次的處分完全針對舊東京很不合理。這股聲浪大到不容忽視。你知道這代表什麼意思嗎？」

半澤沉默不語。內藤以苦澀的表情看著他。

「於是我們也和董事長討論過了，結論是必須迴避這些人的批判。」

伊藤對半澤切入正題。「你將要暫時離開第二營業部。董事長認為這樣做比較恰當。」

「離開第二營業部？」半澤感到意外。「我做錯了什麼？我避免讓伊勢島飯店被分類為危險對象，而且追究做錯事的人也是理所當然的。」

「你應該也知道，本行內部有一些問題。考慮到內部融合，這麼做還是比較好。我和內藤部長也剛剛達成共識。」

「半澤，你真的做得很好。」內藤在半澤注視之下，勉強擠出苦澀的聲音。「但是在政治力量方面，我似乎還有些不足。真抱歉。」

「我會接受什麼樣的處分？」

半澤以自己也感到驚訝的客觀態度，試圖分析眼前的情況。

伊藤說：「不是處分。這只是人事異動。我只能私下告訴你，在你逼大和田常務下臺之後，有很多人不希望你繼續擔任第二營業部次長。這項異動完全是為了迴避這些人的批判。」

理由怎麼編都可以。

半澤問：「調到哪裡？」

「關於異動單位，接下來才要和人事部進行討論。這也是為了你好，希望你可以理解。」

半澤也理解，更重要的目的是為了組織。行員終究只是組織的棋子，永遠都有人可以取代。

半澤以端正的姿勢，對深深皺起眉頭的兩人說：「我沒有想過自己能夠對人事異動說什麼。銀行員只能依照指示調動。既然如此，也沒必要事先對我說吧？」

「半澤，別這麼說，我們也感到很痛苦。」伊藤說完，又顧及到人事部的體統而說：「不過這件人事案是因為特例才私下通知，所以在正式發布調職命令之前，希望你不要說出去。剛剛提到對你的批判等等，也請你保密——」

「半澤，你一定要回來。」內藤打斷伊藤的話。「不，我一定會把你調回來。在那之前，你還是安分一點。現在是蟄伏的時候。」

喂喂喂。

半澤默默地注視兩名上司，心中喃喃自語。

你們根本不打算負起任何責任，只想把一切都推到我身上。

「你回來了。」

這天晚上，迎接半澤歸來的花似乎也注意到他的變化。

「怎麼了？又是金融廳？」

「嗯，差不多。」

「那就得徹底打倒他們才行。」花朝著看不見的敵人出拳。

「真羨慕妳這麼輕鬆。」半澤說完，喝了一口花端給他的茶，望向牆上的月曆。

「我可以請兩、三天假，要不要去哪裡旅行？」

他原本以為花會贊同，但沒想到她卻冷淡地說「不用了」。接著她又說：「對了，我在考慮開一家公司。」

半澤不小心被茶水嗆到。

「妳要開公司？饒了我吧。」

「我跟朋友在討論，看能不能設計童裝來賣。」

「最好不要。」半澤不由自主地想起大和田的太太，便這麼回答。他雖然不知道拉法葉公司的社長是什麼樣的人物，不過在金錢觀念方面，絕對比花還要可靠。

「拜託妳，放棄吧。」

「為什麼？」

「如果要做的話，先到童裝公司去修業如何？」

「那樣的話，都不知道什麼時候才能開公司了。」花明顯露出不滿的表情，最後撂下一句「我不應該找你討論的」，就進入別的房間。不久之後，半澤聽到花似乎在用手機和朋友聊天，不過他已經沒有剩下的力氣去理她。

他忽然想到：既然哪裡都不去，乾脆自己一個人難得回一趟老家吧。

如果要找時間獨處並重新思索人生，那就只能趁現在了——半澤心中這麼想。

人生只有一次。

不論是因為什麼理由被組織要得團團轉，人生都只有一次。

鬧彆扭也只是浪費時間。向前看，踏出腳步吧！

一定能夠找到解決方案。

堅信這一點而繼續前進。這就是人生。

逆思流

半澤直樹2 我們是花樣泡沫組

（原名：オレたち花のバブル組）

作者／池井戶潤　譯者／黃涓芳
發行人／黃鎮隆　副總經理／陳君平
總編輯／洪琇菁　國際版權／黃令歡
執行編輯／呂尚燁　美術主編／李政儀
企劃宣傳／邱小祐
發行／英屬蓋曼群島商家庭傳媒股份有限公司城邦分公司　尖端出版
台北市中山區民生東路二段一四一號十樓
電話：（〇二）二五〇〇—七六〇〇（代表號）
傳真：（〇二）二五〇〇—一九七九
中彰投以北經銷（含宜花東）／楨彥有限公司
電話：（〇二）八九一九—三三六九
傳真：（〇二）八九一四—五五二四
雲嘉經銷／威信圖書有限公司　嘉義公司
電話：（〇五）二三三—三八五二
傳真：（〇五）二三三—三八六三
客服專線：〇八〇〇—〇二八—〇二八
南部經銷／威信圖書有限公司　高雄公司
電話：（〇七）三七三—〇〇七九
傳真：（〇七）三七三—〇〇八七
香港總經銷／城邦（香港）出版集團有限公司
香港灣仔駱克道193號東超商業中心1樓
電話：（八五二）二五〇八—六二三一
傳真：（八五二）二五七八—九三三七
E-mail：hkcite@biznetvigator.com
馬新經銷／城邦（馬新）出版集團　Cite(M)Sdn.Bhd.
E-mail：Cite@cite.com.my
法律顧問／王子文律師　元禾法律事務所
台北市羅斯福路三段三十七號十五樓
二〇一九年十二月一版一刷

■中文版■

郵購注意事項：
1. 填妥劃撥單資料：帳號：50003021戶名：英屬蓋曼群島商家庭傳媒(股)公司城邦分公司。2. 通信欄內註明訂購書名與冊數。3. 劃撥金額低於500元，請加附掛號郵資50元。如劃撥日起 10～14日，仍未收到書時，請洽劃撥組。劃撥專線TEL：(03) 312-4212 ・ FAX：(03) 322-4621。E-mail：marketing@spp.com.tw

國家圖書館出版品預行編目資料

我們是花樣泡沫組 / 池井戶潤著 ;
黃涓芳 譯. --1版. --臺北市：尖端出版, 2019.12
面 ; 公分. --(逆思流)
譯自:オレたち花のバブル組
ISBN 978-957-10-8752-8(平裝)

861.57　　108015502